神戸居留地に吹く風

秋田豊子

挿画・宇津誠二

目次

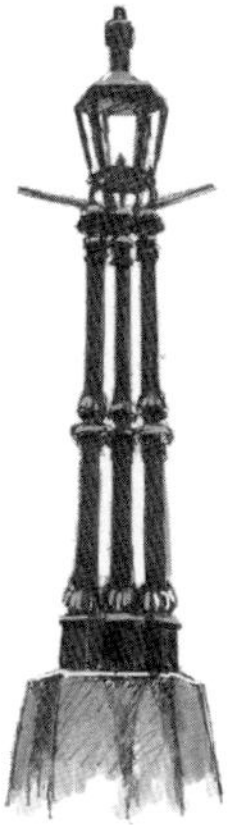

デラカンプ家の人々

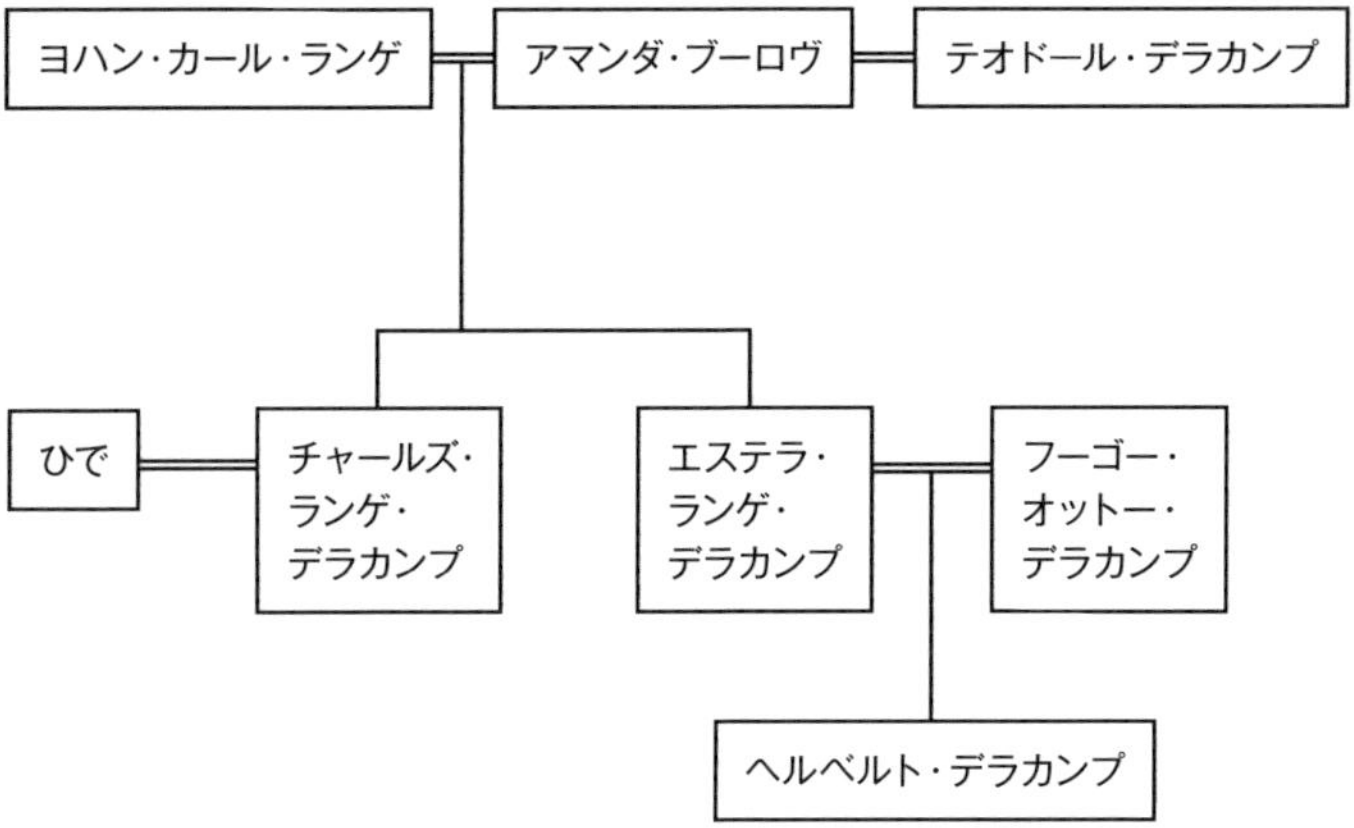

生悦住《きえずみ》家の人々

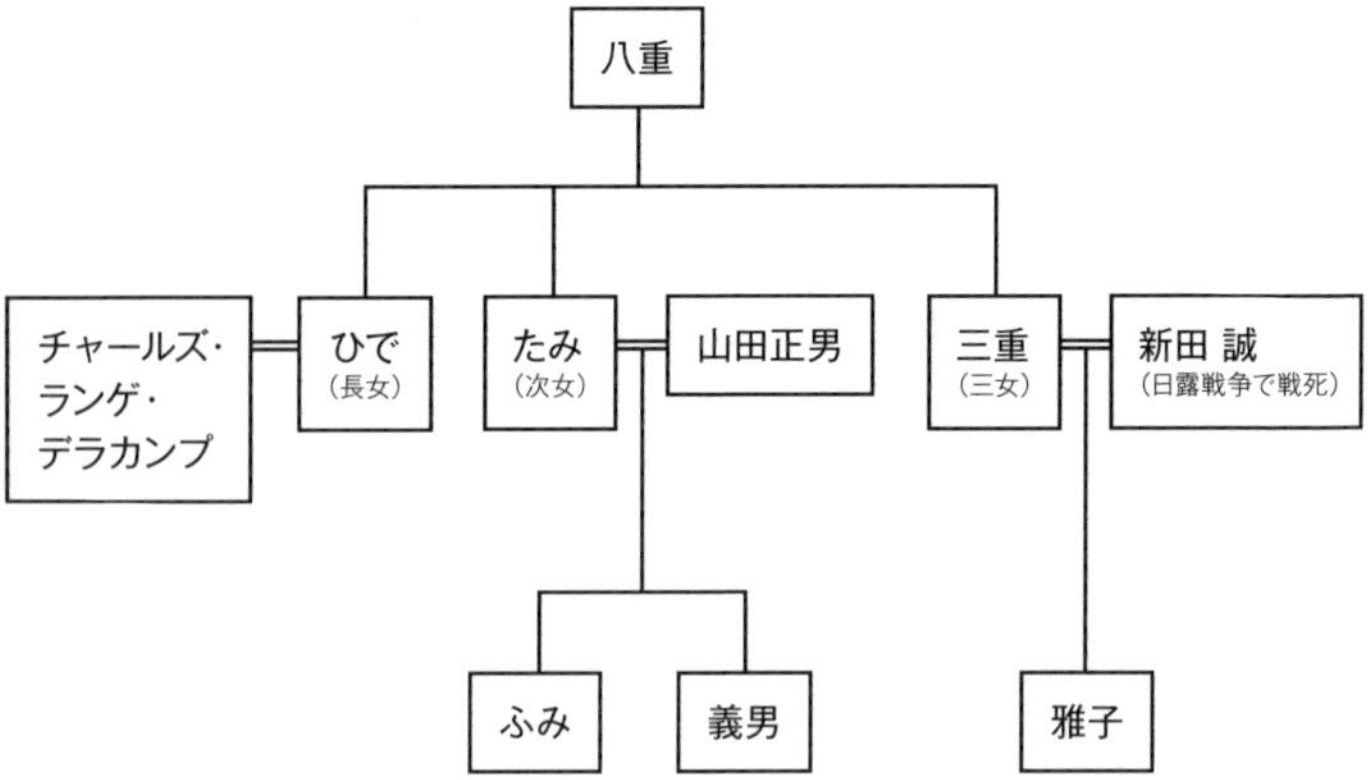

序章

嘉永六年（一八五三）七月八日、アメリカ合衆国大統領の命令を受けて、日本の開国を要求するペリー率いる軍艦四隻が江戸湾の浦賀沖に現れた。何十門もの大砲を備えた鉄鋼貼りの軍艦（黒船）の武力を背景に、強い態度のペリーを追い返す実力は幕府にはなかった。

「太平の眠り覚ます上喜撰《じょうきせん》、たった四杯に夜も寝られず」──当時の慌てぶりを詠んだ狂歌である。蒸気船を上喜撰という上等なお茶の名前と、船を一杯、二杯と数えることにかけたものだ。

ペリーは浦賀浜に上陸し、大統領の親書を浦賀奉行に手渡し、翌年の再来日を予告して帰った。その予告通りにやってきたペリーの要求に幕府は抗しきれず、同年三月、アメリカと「日米和親条約」を締結、続いてイギリス、ロシア、オランダとも同様の条約を結んだ。

安政五年（一八五八）七月には、実際に貿易を行うための「日米修好通商条約」が締結された。条約は全十四条からなり、第六条の領事裁判権の設定＝治外法権、第四条の関税自主権の放棄など、日本にとっては不利な〝不平等条約〟であった。この条約に基づいて安政六年（一八五九）横浜、長崎、箱館（函館）の三つの港が開かれた。

しかし、幕府が結んだこれらの条約に対して、京都の朝廷政権は条約締結、開港に天皇の勅許を与えず、幕府と対立することになった。これを契機に開国か攘夷かをめぐって国論は二分され、各地で両者の衝突が繰り返された。幕府は反対派＝攘夷派を弾圧、吉田松陰（長州藩）や橋本左内（福井藩）を死罪に処し、幕府の政策を強引に推進しようとしたが、水戸藩、薩摩藩浪士らが、安政七年（一八六〇）三月、安政の大獄の実行者である幕府大老・井伊直弼を桜田門外で襲撃し暗殺するという事件が起きた。

こうした幕末の激動の中、日米修好通商条約第三条に基づき、一八六三年一月一日を期限に大坂・兵庫を開港することが取り決められていた。しかし、なかなか勅許を得られず、対策に苦慮した幕府は開港延期の交渉のために、外国奉行・竹内保徳を団長として福沢諭吉など三十八名の使節団を組織してヨーロッパに派遣した。

その結果、五年の延長が認められ、大坂の開市と兵庫の開港は、一八六八年一月一日（慶応三年十二月七日）と決定した。

慶応三年（一八六八）神戸村に外国人居留地が設けられた。その面積は二五万平方メートル、東は（旧）生田川、西は鯉川、南は海岸、北は西国街道であった。

日本の開港にともなって来日した外国商人の多くは、すでに中国に本拠地を持ち貿易にたずさわっていた人たちであった。皆若くて三十歳を超えた者は殆どいなかった。

フーゴー・オットー・デラカンプはその一人であった。一八六五年に十九歳でドイツ北部の都市・ハンブルクから香港に渡り、貿易の仕事に就いた。その後横浜に来日して、横浜居留地にデラカンプ＆マクレガー商会を立ち上げた。

神戸が有望であると見たフーゴーは明治十六年（一八八三）、神戸居留地百二十一番にもデラカンプ＆マクレガー商会を開いた。

フーゴーはニューヨークに居住し、香港、ハンブルクにも駐在して貿易の仕事をしていたので、神戸の商会を任せるために、妻エステルの兄であるチャールズ・ランゲ・デラカンプをハンブルクから呼ぶことにした。

明治十七年（一八八四）春、瀬戸内海を一隻の大型帆船がゆっくりと進んでいく。船上のデッキからは何人かの外国人が港のほうを眺めている。その中に、二十五歳のチャールズ・ランゲ・デラカンプがいた。

船上から見る山々の連なりは、濃い緑と若草色を織り成し、所々にぽっと桜色がまじっている。

「なんと美しい…」思わず息をのんだチャールズ・ランゲは、湖のように静かに光る海と、緑の山裾にせまるように人家が連なる風景に魅せられ、上陸するのが楽しくなった。

汽笛が鳴って、船が神戸港に近づく。

小さなランチに乗り換えたチャールズ・ランゲは、大きい荷物二個と旅行鞄、一匹のビーグル犬を連れている。

船着き場には、フーゴー・オットー・デラカンプ（三十八歳）とヒュー・マクレガー（三十三歳）が待っていた。三人は互いに握手をする。

「チャールズ、船旅はどうでしたか。お疲れでしょう。こちらは共同経営者のマクレガーさん、イギリスの方です」

「はじめまして、マクレガーです。ようこそ神戸へ。お待ちしていました」

「お出迎えありがとうございます。フーゴーの義兄の

チャールズ・ランゲ・デラカンプです。よろしくお願いします」

マクレガーが英国人でもあるので、彼らは英語で話しあった。何か国もの人がいる居留地内では英語が共通語として話されていた。

「チャールズ、そこの税関所に行って来てください。一応のことは話してあります」

フーゴーはデラカンプ＆マクレガー商会が、税関に近くてよい場所にあるのだと説明する。

チャールズが書類を提出して建物から出ると税関の役人も出て来て、ビーグル犬をみる。「元気な犬ですね。どうぞ結構です。百二十一番館はすぐそこですよ」

「お荷物を運びましょう」人力車が二台やって来た。

チャールズ・ランゲは紐に繋いだ犬を連れて、フーゴー、マクレガーと共に、木造二階建てのデラカンプ＆マクレガー商会にやって来た。ドイツ人のシュリューターとブラッグスが握手して迎えてくれた。

「チャールズようこそ。オリエンタルホテルに部屋をとってありますので、夕方までゆっくりしてください。夕食は皆でご一緒します。犬はこちらでしばらく預かりましょう、犬の名前は？」

「レオです。ハンブルクで飼っていたんですが、別れるのが辛くて連れてきました」

シュリューターはレオの紐を受け取ると「では今夜オリエンタルホテルで、八時にお会いしいましょう」

居留地七十九番にあるオリエンタルホテルは、木造二階建てのヴェランダコロニアル様式であった。二階のレストランでは食事だけでもできる。外国から来た人たちにとっては、まずホテルでくつろぐのがいちばんであった。居留地にはすでにガスが通っていて、夜になるとガス灯が明るく輝いていた。

ホテルのレストランは大勢の外国人で賑わっていた。

シュリューターがチャールズ・ランゲに顔見知りを紹介する。

「こちらはシムさんです。十八番で薬局をなさっています。居留地の消防局長です。居留地はちょくちょく火事が起きるので重要な方です」

シムと握手をしながら、ドイツ人としては小柄なチャールズは、彼の立派な体格に圧倒されそうだった。

マクレガー夫妻が近くに来て挨拶をした。「家内のエリザベスです」

マクレガー夫人は客の中でもひと際目立って美しかった。海を渡って遠い日本まで来る女性は当時まだ珍しかった。まず夫が来て、ある程度成功してから呼びよせるのが普通だが、それでも中々勇気のいることだった。アメリカから来た女性宣教師はいるが、キリスト教の伝道と遅れている日本の女子教育に熱心に取り組んでいて、外国人社交界には入らなかった。

書記のブラッグスも加わってデラカンプ商会の六人で一つのテーブルについた。フーゴーがチャールズの来神を歓迎して乾杯をした。

「神戸居留地は小さいけどよく出来ていますよ。下水道もあるし、ガスも来ている。清潔で住み心地もいいですよ」マクレガーはチャールズが早く神戸になじめるように言った。

「治安もいいですよ。神戸居留地は治外法権の自治区でね。もちろん日本人ポリスもいますがね。その方が土地の人との繋がりも安心だしね」ブラッグスも言葉を添えた。

「チャールズ、ハンブルクの様子はどうです。皆元気ですか」

ハンブルクにも貿易拠点を持つフーゴーは、故郷の近況を尋ねた。

「ハンブルクのデラカンプ商会は好調です。親戚の皆さまもお元気ですよ」

チャールズの母はフーゴーの叔父と再婚している。またフーゴーの妻でチャールズの妹は、昨年ニューヨークで息子のヘルベルトを残して亡くなっていた。

チャールズは赤ん坊を残し、若くして亡くなった妹の生涯を思った。

「私はカリブ海のハイチで生まれました。父は貿易の仕事をしていましたが、私が五歳、妹が三歳の時、父が亡くなって家族はハンブルクに帰り、母の再婚で義父テオドール・デラカンプに育てられました」

「ハイチは南国ですよね。確かフランス領でしたね」シュリューターは言う。「神戸もいいところです。日本人はきれい好きで清潔です。まあ雨の季節と台風はひどいもんですがね。それと夏の暑さ」

「住めばすぐ慣れると思うよ」

チャールズが神戸に来たことで、フーゴーは、横浜やニューヨーク・香港・ハンブルクを行き来するのが楽になると期待した。十日後には横浜に行き、その後はニューヨークに発つ予定のフーゴーは、その前にチャールズを連れて京都に行くつもりだった。

デラカンプ商会では、薬品、織物、毛布、染粉、洋紙、燐寸などを輸入し、花筵、緞通、白蠟、竹材、麦稈真田（麦わらを平たく潰し真田紐のように編んだもの）、紅茶、陶磁器などを輸出していた。ハンブルクに送った京薩摩焼が好評なので、京都の窯元・錦光山窯の主人と商談することになっていた。

第一章　祇園の舞妓

五月の初め、フーゴー、マクレガー夫妻、チャールズ・ランゲの四人が、居留地百二十一番から三宮駅（現在の元町駅）へと向かっていた。

広々とした区画に建てられた商館は、木造ではあったが立派な西洋建築である。道路は赤煉瓦の舗装で、街路樹の柳の緑も一段と冴えている。ここでは靴も汚れることはない。きれいに区画整理された居留地の前町の通りを西へ進んで、伊藤町、江戸町、京町、浪速町、播磨町、明石町を横切って西町通りまでで居留地は終わる。

道路の西側は南京町、中国人の町である。その北側は日本人商店街の元町があり賑わっている。居留地以外はまだ土の道であった。忙しく荷車をひいて立ち働く丁稚や、着物姿の男たちが往来している。呉服屋やお茶を売る店などが軒を連ね、女衆たちもかいがいしく働いている。商店街の朝の風景の中を通って駅に着くと、通詞の岡田が待っていた。京都へ行く日である。

「おはようございます。汽車の切符を買ってお待ちしていました」

「チャールズ、通詞の岡田さん。彼は頭がいいからね、私の言いたいことをすぐ理解してくれるよ」フーゴーが紹介した。

「よろしく、あなたは英語とドイツ語が出来るそうですね」

「はい、しかしドイツ語は少しだけです。よろしくお願いします」

岡田は中肉中背で歳は三十前後、黒縁の丸いメガネをかけ、当時の日本人ではまだ珍しい洋服姿であった。

「十時十分発の汽車に乗ります。京都駅まで二時間三十五分で着きます」

岡田は皆に用意した上等切符を手渡した。当時、汽車の切符は上等、中等、下等の三種類あり、上等は京都まで二円三十五銭。お米一升が七銭であるから、高いものである。

五人は汽車に乗り込んだ。

午後一時頃、京都駅に着き、八坂神社前で人力車を降りた一行は、東山を背に聳え立つ朱色の大きな門に声を上げげた。

「立派な門だね。美しい」殊にチャールズは、これぞ日本と感嘆する。

「この門から入って、散策しながらホテルまで行きましょう」

岡田は、夏には日本三大祭りに数えられる祇園祭りの、美術品のような山鉾もここに収められていることなどを説明した。

ホテル「也阿弥《やあみ》」に着いた一行は、着物姿の女将にやさしく迎えられ、ほっこりとした気分でくつろいだ。京都では唯一の西洋人のためのホテルである。

ロビーで午後のお茶を楽しんでいるとき、マクレガーがチャールズに話しかけた。

「私たち家族は半年くらいしたらイギリスに帰ろうと思います。一人娘のメアリーが五歳になり、イギリスの教育を受けさせたいと思うのです。日本にはヨーロッパの女性は少ないので家内が強く望んでいます。幸いあなたが来てくださった。フーゴーにはもう話してあります」

マクレガーが夫人にも同意をもとめるようにそう言うと、夫人もにこやかに頷いた。

ロビーに錦光山窯の主人、藤原が入って来た。洒落た金紗御召の着物姿である。

「やあ、藤原さん、こんにちは」フーゴーが目ざとく見つけて挨拶する。

「京都を見たいと言うので、今日は家内も連れてきました」マクレガーが夫人を紹介すると、藤原は夫人と軽く握手しながらにこやかに言った。

「はじめまして、マクレガー夫人、ようこそ京都へおこしやす。桜の花は終わりましたが新緑の時期も落ち着いてよろしゅうおす」

「ハンブルクから来たばかりのチャールズ・ランゲ・デラカンプです。神戸の商館で働きます」フーゴーがチャールズを紹介した。

「よろしくお願いします。ハンブルクからヨーロッパの街に京薩摩焼を送りましたが、とても評判がいいです。神戸からの輸出を増やしましょう」

「それはありがとうございます。お蔭さんで職人たちも活気づいて、もっといいものをと張り切っとります。今日はお礼に祇園のお茶屋にご案内します」

「それは嬉しい。皆はじめてです」フーゴーは楽しみですなと嬉しそうに言う。


八坂神社と祇園の舞妓、芸妓たちとは深い関係がある。祇園祭りでは、舞妓や芸妓たちも「花傘巡行」に出かけたり、八坂神社には「雀踊り」を奉納する。祇園のお茶屋は八坂神社の門前というほど近くにある。藤原の案内で、その昔、大石内蔵助も遊んだという茶屋「一力」

に着いた。祇園のもてなし上手には定評があるが、膝を折って座ることの出来ない外国人のために、厚めの座布団を三枚重ねて、それを支える木枠に塗りをほどこした優雅な椅子のようなものが用意されていた。

フーゴー、マクレガー夫妻、チャールズ、岡田、藤原が広縁の外の中庭が見える位置に座った。灯籠にはすでに火が灯っている。マクレガー夫人は、色白で青い眼、亜麻色の豊かな髪を高く結い上げ、ロイヤルブルーの洋服の胸元には淡雪のような薄い白い飾りがあしらってある。畳の上に長い裾があふれて、優美な姿である。

女将が下手の障子から入って挨拶をするのに続いて、芸妓や舞妓たちが「こんばんは」「こんばんは〜」と賑やかに入ってくる。

「さあ、こちらに来てご挨拶して」

神戸から来た五人を紹介しながら「京の舞妓はんの踊り上手のとこ見せてあげやす」と藤原が言う。

「おおきに、豆千代どす」「おおきに、豆奴どす」「おおきに、

秀華どす」。三つ指で挨拶をする三人の舞妓たちの顔にはまだ幼さが残り、口元も愛らしい。舞のために立ち上がろうとした時、秀華は横からの強い視線を感じて思わず振り向いた。若いチャールズ・ランゲの青い瞳が、じっと秀華を見ている。口髭があり、髪はマクレガー夫人より濃い茶色である。

音曲と唄を担当する芸妓三人はそれぞれ三味線、豆太鼓を抱えている。舞妓たちは金屏風の前で、端唄「京の四季」に合わせて踊りはじめた。

春は花　いざ見にごんせ　東山

色香あらそう　夜桜や～

三人の舞妓は、舞扇を手に愛らしく踊る。

その間、チャールズは秀華から片時も目を離さない。ずっと秀華だけを追い続けている。舞いが終わると、チャールズは隣のマクレガー夫人に何かを囁いた。

「フロイライン・ヒデカ、サンタ・カタリナ……」夫人も大きく頷いた。

神戸外国人居留地百二十一番館のデラカンプ＆マクレガー商会。一階は輸出入を取り扱う事務や会計などのオフィスで、シュリューター、マクレガー、ブラッグス、チャールズがいる。隣の百二十二番館の一階は倉庫となっていて、ＧＯＤＯＷＮＳ（ゴーダウンズ）と言われている。

「お隣の倉庫と茶倉を案内しましょうか」マクレガーがチャールズに声をかけた。

「はい、ぜひお願いします。はやく神戸の仕事に慣れなくてはね」

二人は一階の倉庫に行った。広い庫内には巻いた織物、金布（キャラコ）、緞通（敷物）薬品などがあった。区切られているが、その奥は茶倉になっていて、茶の焙煎をしている日本人の女達の働く様子が見える。

半年後にイギリスに帰国する予定のマクレガーは、それまでに仕事のことを一通りチャールズに話しておきたかった。

「ここのお茶はニューヨークに送っています。かなりの量です。ただここで焙煎していると、木造の建物だから火事の心配がとても大きい。他のお茶を扱う商会もそれは同じですよ。それに我々の仕事には事故で船の積み荷が無事に届かないこともありますからね」

マクレガーはロンドンに帰ったあとは、アリアンス保険会社で働くことにしている。日本での代理店はデラカンプ商会を考えていることと、火災や事故のことを考えてアリアンス保険に勧誘したいと話した。チャールズはその提案を喜んで受け入れた。

「ここの建物はいずれ煉瓦造りに建て替えるのがいいでしょうが、いずれにしても保険は必要ですね。そこまで考えていただいて有難いです。それから、日本に来る前に上海で買った花筵《はなむしろ》を日本で材料から染めて織り、仕上げられないかと思っているのですが」

マクレガーは大きく頷いて「いい考えですね」と言った。

「いまは居留地貿易といって、輸出も輸入もすべて居留地商館が仲介して、日本人は商品を持ち込んだり、こちらが輸入したものを買いにきています。そのうちには日本人が全部出来るようになるでしょう。我々もいまほど仕事が楽ではなくなると思うよ。花筵を製造する日本人と提携できれば将来いいね」と、経験者としての感想を述べた。

チャールズはこれからの日本での生活のことを考えていた。

「日本人と上手に付き合うようにしたいものですね」

「それはもちろんですが、ドイツ人クラブの会員になるといいですよ。シュリューター氏は創始者の一人で会員です。大抵のドイツ人は通っていますよ。独身者には何より夜の時間は退屈ですから」秋には日本を離れるマクレガーは、率直に助言した。

「娘のメアリーが、お宅のレオと海岸を散歩したいと言っているのですが、いかがでしょう。今日はお天気もいいですし」

「ああ、奥様からもお聞きしてました。私も楽しみです、レオもきっと喜ぶでしょう」

チャールズは、仕事の後、レオを連れて行く約束をした。

百二十二番館の二階をマクレガー夫妻は住居にしている。フランス人形のように可愛いメアリーを連れて玄関に現れた夫人は帽子にロングスカート、あでやかな魅力があった。

　レオを連れて待っていたチャールズは夫人と軽く握手し、メアリーを優しく抱擁した。

「メアリー、ごきげんよう。散歩ご一緒できてレオも大喜びですよ。さあ、出かけましょう」

　居留地の海岸通りを、三人は西へ歩いて行く。レオも尻尾を振って紐を引っ張りながら先をいく。レオにも慣れたメアリーは紐を持たせてもらって喜んでいる。商館、銀行、領事館が建ち並ぶ通りには、外国人や美しく着飾った婦人もいる。ポルトガル人の素人楽団の演奏が今日も聞かれる。三人はプロムナードをゆっくり散歩しながら、香港上海銀行神戸支店の前を通って、メリケン波止場に向かった。

「夫が日本に来てから三年目に、私も呼ばれて神戸にきました。そしてメアリーが生まれました。イギリス人のお医者さまも居られて安心でしたが、なにしろ女性は少なくて、子供は

もっと少ないのです。ロンドンに帰ることになってほっとしてます」マクレガー夫人は心境をチャールズに話した。

「メアリーのためにはその方がいいでしょうね。私も五歳でハンブルクに帰り教育を受けました。せっかくこうして親しくなれたので、お帰りになるのは残念に思いますが」

チャールズは夫人に賛同した。

「イギリスから持ってきたピアノがあるのですが、いかがでしょう、お譲りしましょうか。よい慰めになりますよ」

「それは嬉しい。ぜひお願いします。それにもしよろしければ家具類もすべてお譲りいただけませんか。あの素敵なお宅に住みたいと思っています」マクレガー夫人もその方が有難いし、夫も賛成するでしょうと話した。

「それより、チャールズ？　この前の京都の愛らしい舞妓さん、秀華さんでしたか、お気に入られたようでしたね」

チャールズは少し赤くなって、少年の頃見たティツィアーノの絵画「聖母子と聖女カタリナ（兎の聖母）」を思い出していた。キリストに天の花嫁として迎えられた聖女カタリナが、白い兎を手にした聖母マリアの傍らに幼子といる。そのカタリナの愛らしい姿が秀華に似ていて、また会いに行きたいと思っていた。

「また京都に行かれることがあるといいですね」マクレガー夫人も、秀華を上品で可愛い舞妓さんだと思っていた。

「神戸でしなければならないことがたくさんあり、今すぐは無理ですが、そのうちには行きたいです」

「これから日本は夏で、京都の暑さは格別と聞いていますから、秋ごろがいいと思いますよ。秋の京都は素晴らしいと言いますから」夫人も薦めるように言った。

「今夜はクラブ・コンコルディアに行ってみようと思います。ドイツの方々と親しくなれると、皆さんから薦められているので」

「ええ、楽しいところのようですよ。女人禁制なので、わたしは行くことが出来ません。一度は行ってみたいと思っていましたが残念です」

当時、クラブ・コンコルディアは七十九番の一階にあり、ドイツ人の憩いの場所であった。カード・ゲーム室、読書室、バー、ビリヤード室、ボウリングレーンなどさまざまな設備が整っていた。居留地に住むドイツ人の多くが、仕事が終わった後はクラブへ日参したものである。ただ飲み物のサービス以外はなく、食事は二階のオリエンタルホテルに行った。好みのフランス産ワイン付きで月三十円で食べることができた。

夕食後は、またクラブに集まった。昼間でも夜でも、クラブでは毎日誰かに会える。ドイツ系外国人の社交の中心であった。

初夏の夕暮れ、空の暗さが増す頃、クラブ・コンコルディアはガス灯に華やかに照らされ、ドイツ人達を誘うように輝いていた。チャールズとシュリューターがクラブに入って行く。入口の階段を上がりながら、チャールズは懐かしい気分になった。

「まるでヨーロッパにいるようですね」

「そうでしょう。皆それが嬉しいのですよ」

シュリューターはチャールズの様子を見て、誇らしそうに言った。

入口の扉を開けると、広間にはいくつかの丸テーブルと心地よさそうな椅子があった。

人々は談笑したり、葉巻をくゆらせたり、新聞を読んだり、思い思いにくつろいでいる。正面にはバーの長いカウンターがあった。シュリューターは出会う人ごとにチャールズを紹介していく。

「クラブ・コンコルディアの会長、ブレース氏です。こちらはチャールズ・デラカンプ氏、ハンブルクから来たばかりです」

ブレースはチャールズと握手するため椅子から立ち上がった。

「ようこそ神戸に、当クラブにご入会くだされば大歓迎です。ドイツ人にとっては気のおけない居心地のいい場所です」

「よろしくお願いします」チャールズは年配のブレース氏に丁寧に挨拶した。

日本滞在の長いシュリューターはクラブの大方のドイツ人と知り合いで、皆に紹介して回った。

「チャールズはフーゴー・デラカンプ氏の義弟です。これからデラカンプ商会の責任者となります」

挨拶がひとわたり終わったころ、椅子を勧めながら自己紹介する人があった。

「ヘーマン商会のプラーテです。異国では同国人同志は気が休まるでしょう。何よりドイツ語で話せますしね。イギリス人が中心の神戸クラブもありますが、我々にはこのクラブがいい。

ところでお噂では京都の祇園に行かれたとか、羨ましい。私もいつか行ってみたいと思っていますがね」

プラーテは正直な人のようで、チャールズに率直に気持ちを伝える。

「ええ、仕事を兼ねて義兄に連れていかれました。舞妓たちは可愛かったです」

「お気に入りの舞妓がいたようですね。日本女性は控え目で優しいと言われますから。しかし、正式の結婚は難しいですよ。女性は結婚すると日本国籍を失い、夫の国籍になります。決心するのは大変でしょう」

「なる程、そういうことになるのですか」

チャールズはプラーテの説明にうなずいた。

「このクラブには、ボウリングレーンもありますし、ビリヤードもできます。皆どんどん上達しますよ。図書館もあるし、バーではお酒も飲めます。毎日のように来ていますよ」プラーテは愛想よく言う。

「私も通ってくることにします」チャールズは、早速ドイツ人社会の一員に迎えられてほっとした。

日本の蒸し暑い夏を、チャールズは仕事に馴染むため、神戸を離れず百二十二番の二階の住居で過ごした。長い夏休みをとる習慣のあるヨーロッパの人達は暑さを避けて、遠くても箱根で過ごす人もいた。後に避暑地として賑わう六甲山は、その頃はまだ整備前で、まるで禿山のようだったとも言われている。

気持ちのよい秋の初め、マクレガー夫妻はメアリーを連れて日本を離れた。デラカンプ商会は、人員は減ったが通常の業務にもどっていた。

「このところ日本人の持ち込むお茶の品質がだんだん悪くなっている、今年は特に悪いように思います。京都から直接仕入れる方法はないものでしょうか」

ブラッグスはハンブルクからの書状を見せてそういった。

「神戸の商社間だけでも競争相手は多いのに、品質が悪いのは困ります。京都だと、錦光山窯の藤原さんにお願いしてみたらどうでしょう。良いお茶元を紹介してくださるかもしれません。それに先日話していたランプのスタンドを陶器で作るという案件。これも藤原さんと話さねばなりません。チャールズ、京都に行ってください」

シュリューターはチャールズに京都行を勧めた。

「いい考えですね。藤原さんにはこの前のご招待の御返しもしたいから、祇園にお招きしましょう」チャールズは心が弾む思いだった。

京都祇園「一力」の座敷に藤原とチャールズ、通詞の岡田がいる。秀華、豆千代、豆奴が金屏風の前で「春雨」を舞う。

「……春雨にしっぽり濡るる鶯の　羽風に匂う梅が香や〜」唄の意味を説明する岡田の言葉に、チャールズは大きく頷く。拍手で舞を讃えながら藤原が、

「秀華さん、豆奴さん、豆千代さん、すっかりお馴染にしていただいたね。今夜はわたしがご招待にあずかっています。みんなで御馳走になってから、遊びまひょか」

その前に仕事の話を、と藤原はチャールズの相談事を聞いた。今までの輸出品にくわえて錦光山窯でランプのスタンド部分を作ってほしいこと、日本人の持ち込むお茶の品質が悪くなってきて困っていることを伝えると、

「なるほど、ランプスタンドもよい考えですね、図面を描いてお送りします。お茶の葉の方は知り合いもありますから、信頼のおけるとこをご紹介しましょう」

藤原は気持ちよく引き受けた。

食事が終わるころ、「今夜はサイコロ遊びはどうどす」と舞妓たちが寄ってきた。豆奴は朱色の塗りの杯を持ってきた。大から小へと杯が六段に積まれている。

「岡田さん、チャールズさんに説明してあげておくれやす」

サイコロは春、夏、秋、冬、恋、雑と面が六つあり、それに合わせて杯の大きさが決まって

いる。雛が一番小さく春、夏、秋、冬、恋の順に杯が大きくなっていく。

「恋の杯は飲むと酔うてしまいますえ。では始めまひょ」豆千代はサイコロをチャールズの掌に乗せた。

サイコロを振ると雛が出た。舞妓たちは手を叩いてはやしたて、チャールズがその小杯で酒を飲む。

「さあ、何かやっとくりやす」

雛が出ると何か余興をしなければならない。岡田の説明を聞いたチャールズは、

「では歌を、ドイツの歌を歌います」

立ち上がって息を整えると、声量豊かに艶のあるのびやかな声で歌い始めた。舞妓たちも藤原も岡田も聞き惚れる。拍手が起こり、チャールズは紅潮した顔で言った。

「野薔薇の歌です。ドイツの民謡です」

「素晴らしいドイツの歌を聞かせていただきました。とてもきれいな調べですな」

藤原はチャールズの歌に感動した。

「次は秀華さんどすえ」豆千代が促す。秀華は春を出す。そして少しお酒を飲む。次々にサイコロを振るがまだ恋は出ない。

「恋が出ないとこのゲームは終わりまへん、今度はチャールズさんどすえ」

豆奴からサイコロを受け取り、チャールズが振る。恋が出た。舞妓たちは手を叩いて喜んだ。杯になみなみと注がれた酒を、チャールズは秀華を見つめながら、ゆっくりと飲み干した。


秀華たちとサイコロ遊びをしたその日から、チャールズの祇園通いが始まった。

夜の町である祇園で過ごすには、神戸からだと泊まりがけになる。円山公園にある洋式ホテル・也阿弥に二泊して、二夜「一力」に舞妓達を呼んだ。日本語の出来ないチャールズだが、いつも通詞の岡田を伴うわけにはいかない。一人で来て秀華と舞妓達の舞を楽しみ、夕食を共に過ごしたあとは也阿弥に泊った。

京都に行くときはいつも、錦光山窯を訪れた。デラカンプ商会のシュリューターがチャールズの気持ちを汲んで、京都行きの機会をつくってくれたのである。

秀華に会ってから、チャールズは「あの人を妻に迎えたい」という思いを次第につのらせていた。チャールズの祇園通いが始まってもう六か月。「秀華さんを追っかけている外人さん」

と噂になっていた。

春爛漫の四月、京の春に色をそえるように「都おどり」が始まっている。舞台の上も満開の桜に彩られ、「ヨーイヤサー」の甲高い掛け声とともに、舞妓たちの総踊りで幕があく。

今年は秀華も舞台を盛り上げる舞妓四人の別踊りに選ばれ、連日、お師匠さんのきびしい指導が続いた。

総踊りと違って衣装も特別になる。四人が一人一人それぞれの色柄で、調和のある美しい着物とそれに似合う帯が必要となる。選ばれた舞妓にとっては名誉だが大変な物入りで、それを

機に旦那に水揚げされて芸妓になる人が多い。秀華にも水揚げを申し出る客があったが、秀華はよい返事をしなかった。女将さんが衣装の用意をしてくれたが、「いつまでも舞妓でいると、いまだに旦那もとらんとえずくろしいと言われまっせ」としっかり釘をさされた。

「都おどり」の見物客のなかには夫人同伴の外国人もちらほら見える。「桜の季節のチェリーダンス、ワンダフル」との評判を聞いて、横浜や神戸あたりから京都観光を兼ねて来るようだ。もちろんチャールズも通詞の岡田を伴って「都おどり」を見物した。

花街の風習や舞妓の水揚げのことを聞いたチャールズは、秀華を妻にしたいと女将さんに伝えてほしいと藤原に頼んだ。

女将さんからその話を聞いたとき、秀華は「ああ、やっぱり」と胸の奥が熱くなった。

いつものように也阿弥に滞在しているチャールズを、女将の志津が粋な着物姿で訪ねてきた。

「おはようございます。朝からお邪魔してお許し下さりませ。こんなことはこの街では珍しいことどすが、舞妓のことわかっていただきとうて参じました」

岡田に通訳を頼み、女将は熱心に語り始めた。

「舞妓は、お座敷では舞を踊りますが、けっしてそれだけではありません。上流の日本女性のように茶道、華道、書道、和歌もたしなみます。唄も踊りも厳しい稽古を積み、三味線、笛、鼓、小太鼓の稽古もします」

そう言って女将は本題に入った。

「これからは秀華のことどす」

秀華の名前が出たのでチャールズは深く頷いた。

「秀華はお伊勢さんで有名な三重の出身です。ご立派な造り酒屋のお嬢さんどした」

本名はひでという。小学校を卒業した年、父親が突然、心臓麻痺で亡くなった。しかも相場に手を出していて思いがけない借金があった。おろおろするばかりの母親に、京都からいつも来ていた呉服屋の番頭が、ひでを舞妓にするよう勧めた。三人姉妹の長女で男の兄弟がいなかった彼女の細い肩に、家族の生活が重くのしかかったのである。

「もう秀華も舞妓ではおられない歳になりまして、ある旦那はんが是非にとお言いやすけど、秀華は首を縦に振りまへん。あの子の心にはチャールズはん、あなたがいるようどす。どうどっしゃろう。あなたのお考えを聞かせとくれやす」

チャールズは岡田の通詞を聞いたあと、気になっていたことを尋ねた。

「正式な結婚をすると日本女性は男性の国籍になると聞きました。それはいいのでしょうか」

「祇園の女は正式な結婚を望んでいまへんえ、ゆっくりお考えにならはりまして、藤原はんを通してお返事くださりませ」

女将はそう話を終えてホテルをあとにした。

八坂神社の本殿に、祇園の芸妓や舞妓達が涼しげな浴衣姿でお参りをしている。それぞれ鈴をならして願いごとをしている。芸妓の中でも姉さん格の富士美が皆に声をかける。

「祇園祭りも無事に終わって、ぅちらも花笠踊りやお勤め終わりましたえ。さあ、今日はそれぞれお好きに楽しんでおいでやす。買い物に行くのもよろしゅうおっせ」

舞妓達はどこに行こうかとざわつく。豆奴が秀華に話しかけた。

「秀華はん、三十三間堂に行ってみまひょか。千一体の観音様がいはるそうどす」

「今日は好きなところへ行けますなぁ、そうしまひょ」秀華も豆奴もいつもの重いだらりの帯でなく、涼しい浴衣姿。日傘をさして境内を歩いていくと、神社の禰宜に出会った。「あ、伊藤さま、こんにちは」

「こんにちは、秀華さん、豆奴さん、祇園祭りではご苦労さんどした。奉納の雀踊りなかなかよろしゅうおした」

禰宜の伊藤とは行事の度に出会い、親しく話すこともあった。

「あのぅ、伊藤さま。秀華はんがまようてはることがあります。相談にのってあげてくらはりませんか」豆奴が伊藤に話しかけた。

「相談ごとどすか。どうぞ、それではこちらへ」伊藤は白の上衣に薄青の袴姿である。秀華は落ち着いた雰囲気の伊藤には話しやすい。

「神戸のデラカンプ商会のチャールズ・ランゲさんが、私を落籍してくれはると言わはります。ドイツのお方どす。錦光山窯の旦那はんが中に入って下さりまして、うちは母と妹二人の面倒をみなあきまへんが、皆一緒に神戸に来ればええと言わはるそうどす」

也阿弥に泊った際、八坂神社や公園を散歩するチャールズを見かけ、伊藤は挨拶を交わしたこともあった。

「お人柄もよさそうで教養もおありのようです。もしや外国のお方で言葉が通じないと悩んではるのどすか」

伊藤はやさしく尋ねた。

「そうどす。毎日の生活がどんなものになるのか見当もつかへんのどす。母に手紙で相談しましたら、早く私と一緒に暮らしたいと喜んでいます」

「イギリス留学から帰らはった先生にお話を聞いたことがあります。あちらではご夫人が大事にされてご自分の意見もはっきり言うようだと聞きました。いい人であればかえってお幸せかもしれまへんな」

伊藤の言葉に、秀華は心が一気に晴れたような気になった。

「お話がお聞きできてよかった。おおきにありがとうございます」

秀華と豆奴は三十三間堂の千一体仏の前で、手を合わせた。

「静かで涼しゅうおすなぁ」と秀華が小声で言う。

「たんと観音様がおいやすなー。この中に必ず会いたいお人の面影があると聞いたことがありますえ」

二人はゆっくりと千一体の仏の前を歩いて行く。秀華が足をとめて、一体の観音様の顔を見つめている。チャールズの髭のある顔と重なってみえた。

「秀華はん、いはりましたか。会いたいお人が」

「おおきに豆奴はん、観音様が決めてくれはりましたえ」

秀華は頬を紅潮させて、ほっと溜息をついた。

第二章　神戸居留地のドイツ人

明治十九年（一八八六）十月二十四日、横浜港から日本人乗客と雑貨をのせて神戸港に向かっていたイギリス貨物船ノルマントン号が、暴風雨のため紀州沖で難破、沈没した。ジョン・ウィリアム・ドレーク船長以下、イギリス人やドイツ人からなる乗組員二十六名は、救命ボートで脱出し漂流していたところを沿岸漁村の人々に救助された。ところが日本人の乗客二十五名は船中に取り残され全員溺死した。国内世論は、ドレーク船長以下船員の日本人に対する非人道的な行為に激昂した。

井上外相は内海忠勝兵庫県知事に命じて、ドレーク船長らの神戸出船を抑え、兵庫県知事名で横浜英国領事裁判所に殺人罪で告訴した。十二月八日、横浜領事裁判所判事ニコラス・ハンネンはドレーク船長に有罪判決を下し、禁固刑三か月に処したが、死者への賠償金は支払われなかった。

居留地のドイツ人クラブ、コンコルディアには仕事を終えた会員たちが三々五々集まっている。ガス灯が灯り、暖炉には赤々と火が燃えて暖かい。会長のエバースは新聞を読みながら、同じテーブルの人に話しかける。

「紀州沖で沈没したノルマントン号事件の判決が横浜の英国裁判所で出たよ。ドレーク船長は職責を全うせず日本人乗客二十五名の命を奪ったものとみなされ、殺人罪により禁固三か月の判決だ」

隣りに座るレンツが言う。

「船の乗務員全員が助かって日本人が全員死亡というのは気の毒でしたね。我々ドイツ人だけでなく、フランスもオランダも遺族の人たちに義捐金を送りましたが、イギリス人も遺族に同情しているようです」

同じテーブルにはデラカンプ商会のチャールズとシュリューターもいた。

シュリューターは「しかしこれでは日本も領事裁判組織に一層不満を持つでしょう。条約改正を求めることになるでしょう。不平等条約と言われていますから」

チャールズも同意しながら、「今度の事件に日本人は憤慨しているでしょう。我々は日本で仕事をしていくわけですから、日本人とうまく付き合いたいものですね」

「チャールズ、あなたにとっては殊にそうなるといいですね。ところで、婚約者とはいつからご一緒に暮らされるのですか」

「年が明けてからです。今、彼女は準備のため故郷の三重に帰っています。母親と二人の妹も神戸に来ることになっていますのでよろしくお願いします」

「それは楽しみです。われわれの方こそよろしくお願いします。ところで、愛犬の行方はまだわかりませんか。新聞に広告を出されたということですが」

愛犬レオがいなくなり、チャールズは神戸又新日報《ゆうしん》に「失犬広告」を出していた。

「まだ何も…。私の不注意でした。早く見つかってほしい」

明治二十年（一八八七）、チャールズは秀華を迎えるため、中山手に新築の外国人向け洋館を借り、マクレガー夫妻から譲り受けた家具やピアノを運んで準備を整えていた。日本人の大工による普請だったが、よく出来た瀟洒な洋館だった。コックやアマさん（お手伝いさん）が住む別棟もあった。母親と二人の妹のためには日本式の借家を別に近所に借りた。

年が明け、松の内が終わったころ、秀華から本名に戻ったひでは、家族とともに神戸にやってきた。

ひでにとって洋館は、京都の円山公園にあるホテル也阿弥に行ったことがある程度だった。その中山手の洋館から、二人の新婚生活が始まった。

祇園で五年も過ごしたひでだから、男女のことを知らないわけではない。女将さんは水揚げされる舞妓に、旦那はんにおまかせしたらよろしいのえ。なにも恥ずかしいことなどないのやし、そのうち嬉しいことがたんとありますえ、と言う。

でも、とひでは思う。お互いに言葉がわからない。まさか通詞を寝室に入れるわけにはいかないと、ふっとおかしくなった。

新しい洋館の二階の寝室には立派な飾りのついた木製のベッドがあり、暖炉に薪が勢いよく燃えていた。ひでは絹の長襦袢を纏いベッドに横になった。チャールズはナイトガウンの紐をほどいて、ベッドにすべりこんできた。彼は優しく、そっとひでの肩を撫で、その手を少しずつ下にすべらせていく。ひでの体を諳んじようとするようだった。その手は暖かく、ひでの体も上気していた。チャールズの顔が間近にあり彼の息遣いを唇の上に感じた。「ひでさん、好きだよ」愛しむように、チャールズが日本語で言った。ひでは思わず「チャールズ、わたしも好き」とささやいた。彼の視線は優しく、恥ずかしさは感じなかった。

「ひでさん」そう言って彼はひでの上に体を重ねた。チャールズは日本に来てからつのらせてきたひでへの思いをなげかけ、愛しそうに抱いた。そして彼の声の抑揚が、ひでの体の中にさざ波のように広がった。「ああ」深い透明な水の中に全身が溶けていくようだった。

ひでも嬉しい思いで満たされた。ここは日本だもの、わたしがチャールズの役に立つことはあるはず、彼のために生きよう。夢みるような気持ちで眠りについた。

深い眠りのあと、小鳥の声で目を覚ました。二人は恥ずかしそうに「おはよう」の挨拶を交わした。

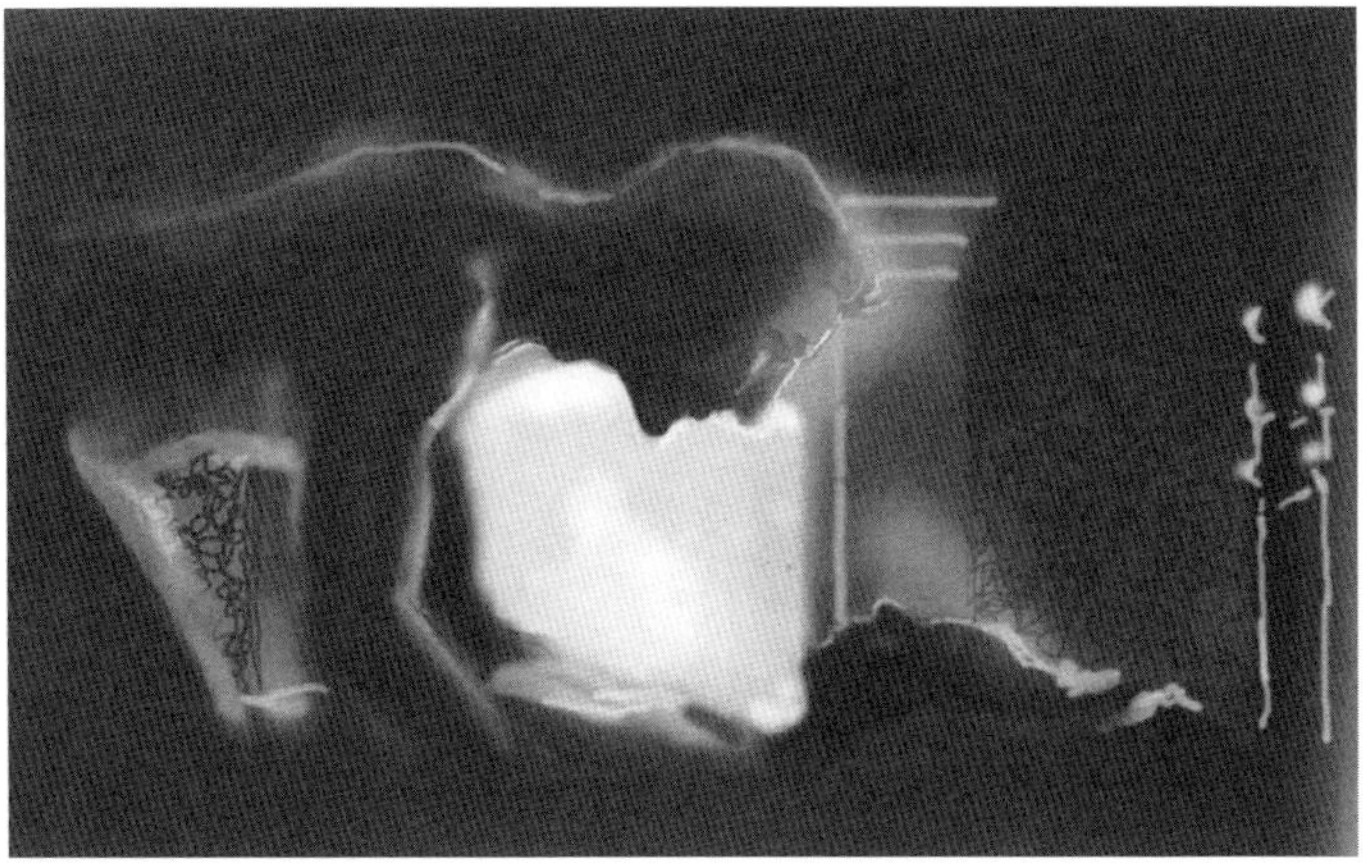

住み込みのよねが朝食を調えた。「おはようございます。旦那様、奥様」暖炉のある食堂は暖かかった。食卓にはパンとジャム、目玉焼き、牛乳、果物が置かれ、二人は互いに見つめ合いながら、楽しそうに朝の食事をした。

食事が終わると、ひでは紙と筆を持ってきて何かを描き始めた。絵には日本家屋に住む母と妹二人。そこを訪れる動作をする。チャールズも紙に母親と妹のたみと三重、チャールズとひでが食卓を囲む姿を描く。食事に招待するのだとわかったひでは、

「ありがとう。うれしい、いつかしら?」

また紙に小さい丸を書いていく。五日後とわかった。こんな調子で会話には時間がかかるが、今の二人にはそれも楽しかった。

ひでは小さい時、造り酒屋の利発な女の子だった。父親にも一番愛されていた。大好きな父親が亡くなってから、京都の祇園で舞妓の修業に励み、女将さんや舞のお師匠さんにも目をかけてもらった。いつも、置かれた環境に順応していくひでは、日本髪に結っていた髪を思い切って切ることにした。明治四年(一八七一)の「散髪脱刀令」(通称「断髪令」)で男性は次々と断髪していったが、女性はまだ昔ながらの丸髷を結っていた。西洋風の束髪は明治十八年頃から広まり、軽便で衛生的なため流行した。着物姿にもよく合う束髪にし、ひでは気持ちまで軽くなったように感じた。

数日後、近所の高台の家に住む母親と妹たちをたずねた。

「こんにちは、お母さん、落ち着かはりましたか」

「ええ、岡田さんがいろいろお世話してくだはってね。ひでさん、幸せそうだね」

妹の三重とたみも出てきて挨拶する。

「こんにちは、三重さん、たみさん、ここは気に入って？」

「二階からは海が見えるの、ええ眺めよ。ひで姉さん、髪型かえはったん。よう似合うわ」

まだ日本髪のたみが羨ましそうに言う。

「この方が寝るときも簡単で楽なんよ。今までのように高枕ではなく、ふわふわの大きい枕で気持ちええのよ」

「うちら、お姉さんの家に行ってみたい」

下の妹の三重は興味を抑えきれずに言う。

「今度の日曜日にね。だんなさんが一緒にお食事しましょうと呼んでくれはったんよ。薪を焚いて温めるカミーンというものがあって、火鉢とは大違いに暖かいの」

母親の八重と妹のたみ、三重がチャールズとひでの住む洋館を訪れたのは、明治二十年の正月が明けて間もないころだった。三人は日本髪を結い、艶やかな手描き友禅の着物姿で正月ら

しく華やかだった。洋館ではチャールズとひで、通詞の岡田が待っていた。八重たちは丁寧に頭を下げ挨拶をした。

「この度はお招きありがとうございます。旦那さまのお蔭で、神戸に来て私共三人楽しく暮らしています。本当にありがたく、感謝しています」岡田が通訳する。

「ようこそ。八重さん、たみさん、三重さん」

三重が持ってきた鉢植えの花を差し出すと、チャールズは受け取りながら「きれいな黄色い花ですね」

「これは福寿草と言って、日本では幸せと長寿をもたらすおめでたい花と言われています」

「それならこの花は我が家のひでさんみたいな花ですね。ダンケ・シェーン」

チャールズはテーブルの真ん中にそっと置いた。三重が暖炉に近づいて
「ひで姉さん、これがカミーンでしょう、暖かいよ。母さん、たみ姉さん、こちらに来て」

パチパチと音をたてて燃える火が皆を照らしている。

「ほんとうに暖かいこと」八重もたみも初めて見る暖炉に手をかざした。

よねが「テーブルのご用意ができました」と声をかけた。料理はコックのくにが作ることになっている。くにはある外国人家庭にコックとして働いていたが、その家族が帰国したので、岡田が声をかけてチャールズの家に来た。

チャールズがにこやかに声をかける。

「さあ、どうぞ。今日のメニューはいかがかな。みなさんに気に入ってもらえるといいが」

一同がテーブルにつくと、岡田が気をきかせて説明する。

「たみさん、三重さん、わからないことがあればなんでも聞いてください。これがナイフとフォークで、このように使います。これがスプーン、汁物をすくって口に運びます。小さいのは食後のお茶や甘いものの時につかいます。大人はワイン、葡萄で作った西洋のお酒を飲みます。八重奥様は造り酒屋さんでしたからワインをいかがですか」

ちょっと間をおいて、チャールズが呼びかけた。

「それでは、みなさん、乾杯しましょう」

くにが皆のグラスに赤ワインを注ぐ。チャールズが「健康と幸せに乾杯」とグラスを持ち上げる。八重もたみも、三重も少しとまどいながら幸せな気分になっていた。

「スープはスプーンでこんなふうにね。掬い上げていただくのよ。美味しいわよ」ひでは妹たちを気遣った。

「美味しいよ。ひで姉さん」三重は新しいことすべてに興味があり興奮している。

コックは鶏肉のポトフのトマトライス添えと、生野菜のサラダを用意した。たみは、「これは赤いご飯だけれども、赤飯とは違う味ね。鶏肉も柔らかくて美味しい」と目を細める。

たみも三重も母親の八重も珍しい食事を楽しんでいる。

「お気に召してよかった」チャールズも安堵した様子だった。岡田もコックの料理を褒められて嬉しそうだった。

会話が弾むなか、八重がひでにそっと話しかける。「いま住んでいる山手の上の方に、外国の女の先生が教えてはる女学校があるそうだよ。ひでさんが英語を教えていただくことは出来ないだろうかね」

「お母さんおおきに。わたしも相談したいと思ってたとこ。旦那さんともっともっとお話ししたいから」ひではチャールズを見て気持ちを伝えた。

「ひでさんがそうしたいのであれば、わたしも大賛成だよ」ミッション・スクールのことはチャールズも知っていた。岡田に「ミッション・スクールの宣教師の方とお会いできるようお願いしてもらえないかね。ひでさんと二人で行くよ」そして、相応の額の寄付をすることも伝えた。

その時、よねが紅茶を運んで来た。

「日本のお茶を焙煎したものです。デラカンプ商会の茶倉で煎ったものです。お砂糖を入れてあがってください」

岡田が紅茶の説明をした。たみは砂糖を入れてスプーンで混ぜてから、両手で紅茶椀をもって一口飲んだ。「お茶にお砂糖…ちょっと変な感じ、でも甘くておいしい」

くにがデザートのリキュールゼリーを運んできた。

「コックのくにです。料理はお口に合いましたでしょうか」

「くにさん、ありがとう。皆美味しかったわ。ごちそうさまでした」八重、たみ、三重は口を揃えて言った。くにも嬉しそうである。

その頃、居留地のドイツ人商社の活動は順調だった。中でもデラカンプ商会は抜きんでていた。百二十一番商館を中心にして百二十番、百二十二番、百二十三番にも商館を拡張した。

デラカンプ商会の事務所で、チャールズが皆に話しかけた。

「これで四区画になり、仕事が忙しくなる」

ブラッグスも頷いて言う。

「マクレガーさんがイギリスに帰られた上に、デラカンプ商会が扱うアリアンス保険に加入する商会も増えました。人手をもっと増やしたら如何でしょう」

その必要があると、シュリューターも同意した。

「クラブ・コンコルディアでいい人を探してください。私も神戸クラブでお願いしてみます」

その時、事務所の入り口に見知らぬ日本人が現れた。犬を連れている。

チャールズのところにやってきた岡田が「あの犬はレオではないですか。こちらに来て見てください」

急いで入り口に向かったチャールズは、「レオだよ、レオ！　レオ無事だったか、よかった」レオを抱き上げ撫で

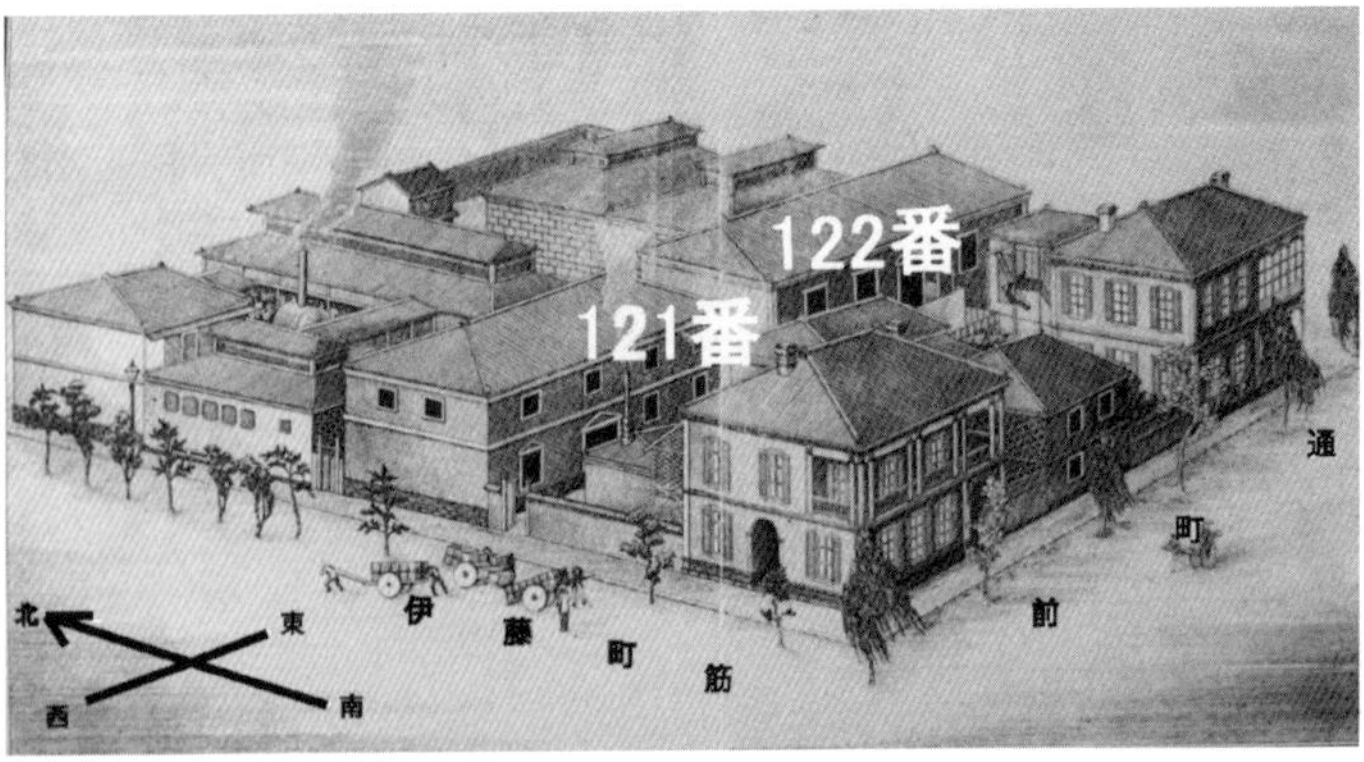

た。

「去年の秋の初め、この犬を自分の畑の近くで見つけたそうです」

彼によくなついたので家で飼っていたが、地主に新聞に出ていた犬ではないかと言われ、連れて来たという。チャールズは居なくなったレオが忘れられず、神戸又新日報に犬を探してほしいと「失犬広告」を出していた。

チャールズは頷いて、日本人に目礼をした。

「レオが元気で嬉しいよ。ありがとう」

岡田はその日本人に、十分な謝礼をするというチャールズの言葉を伝え、この四か月の犬の世話とお礼を含めて三円ほどを用意した。日本人は本山村の今井と名乗り、十分な謝礼に感謝して帰っていった。

チャールズは、レオを早くひでに見せたいと思い家に急いだ。

「ひでさん、レオが見つかったよ！　来てください」

レオに近づいたひではそっと背を撫でた。レオもおとなしく尻尾を振っている。

「よかったですね。可愛い、レオね」

「今夜、体育館劇場で西洋の音楽とお芝居があるよ。『アリババと四十人の盗賊』だよ。ひでさん、どうだい？」

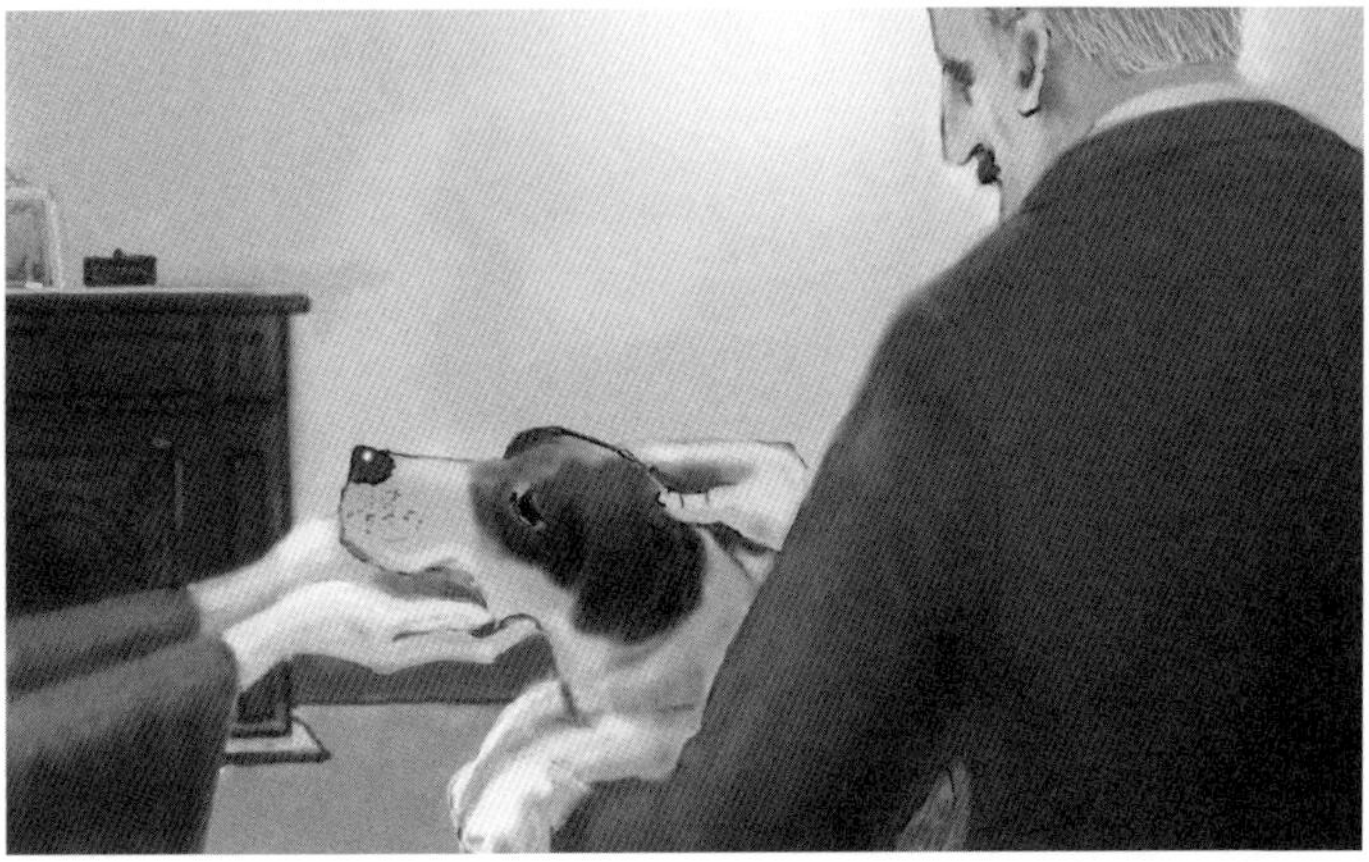

「面白そう、行ってみたいわ」ひでも京都で都おどりの舞台劇に出演したことがあった。
「岡田さん、ひでさんにあらすじを話してください」
岡田はひでに椅子をすすめて、劇の概要を語った。
「昔、アラビアという国の貧乏な青年アリババは、山で薪を集めているとき、四十人の盗賊達が宝物を洞窟に隠しているのを見ました。その洞窟を塞ぐ岩を開閉する呪文は〝開けゴマ〟〝閉じよゴマ〟でした。財宝を手に入れたアリババからそれを聞いた兄は洞窟に忍びこんだが、宝物に夢中になって呪文を忘れてしまい、戻ってきた盗賊に殺されてしまう。アリババは兄の死体と宝を持ち出すことができたが、盗賊はそれに気づきアリババを殺そうとする。聡明なモルジアナの機転で盗賊を退治するというお話です」

現在の東遊園地の南の一角に神戸在住の欧米人が中

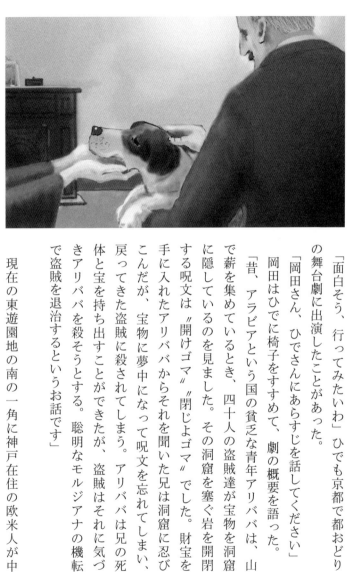

心となって運営される立派な体育館があった。ＫＲ＆ＡＣ（神戸レガッタ＆アスレチック倶楽部）の略称で知られるスポーツクラブである。体育館は劇場でもあった。ＫＲ＆ＡＣのアマチュア劇団による公演があったが、アジアを巡業するプロの劇団が来ることもあった。日本では横浜ゲーテ座、神戸の体育館劇場、長崎パブリック・ホールを巡った。

エミリー・メルヴィル歌劇団による「アリババと四十人の盗賊」の公演を、チャールズはひでと通詞の岡田を伴って観に出かけたのである。

劇場には外国人の男性がほとんどで、女性は少なかったが、皆ロングドレスで華やかに装っていた。羽織に袴姿の日本人男性もいるようだ。

チャールズがひでを伴い入って行くと、その美しい着物姿が注目を浴びた。顔見知りの外国人達に挨拶をするチャールズに合わせて、ひでも軽く会釈する。日本女性の着物姿は当時としては当然のことだが、外国人社会の中では目立った。

言葉はわからなくても、「祇園で舞妓さんだった人だね」、「通詞を連れているからまだ言葉が分からないのだな」などと噂されているのを、ひではそれとなく感じていた。

舞妓になってからは常に人から観られる存在で、都おどりでは舞台にあがって踊りや舞踊劇を披露した。人の視線を浴びることには慣れていたひでだが、外国人が中心のこの場所は別の世界だと思った。

言葉の問題もあり外国人社会の中に入っていけるわけではない。一方でドイツ人との生活は日本の社会からは孤立してしまう。チャールズは優しくしてくれても、やはりひでには淋しい思いがあった。

席につくと間もなく観客席が暗くなり、音楽が始まり幕が開いた。頭にターバンを巻いた男たちが、アラブ風の裾のふくらんだズボン姿で、珍しい音楽に合せて歌ったり踊ったりしている。四十人の盗賊らしい。舞台の真ん中には金銀や宝石が照明でキラキラと輝いている。歌や踊りが終わるたびに観客は拍手し歓声をあげた。劇は進み、最後に賢いモリジアナが、油の壺に隠れていた盗賊達の上から熱い油を注ぎ、盗賊を退治してアリババを助けたのである。

スポットライトを浴びて、モリジアナは薄く柔らかな衣装で官能的な歓喜の舞を踊る。アリ

ババも加わり男と女の絡み合うような踊りでフィナーレとなった。うねりのような拍手喝采が起こり、二度のカーテンコールのあと幕となった。

興奮さめやらぬ観客たちは食事が用意された食堂に向かった。チャールズたちも案内されたテーブルについた。隣は羽織袴姿の日本人が三人、裕福な商店の旦那衆と思われる。ひでの方をちらりと見たが、見ぬふりをした。

日本人にとって体育館劇場の芝居観劇は西洋文化に触れる窓口でもあった。三人はお互いに感想を述べている。

「しかしあまりいいお芝居とは思えなかったよ。食事付きとはいえこんなものに一円も出すとはね」

「いやまあ、珍しくて面白かったよ。日本人にとっての一円が居留地外国人にとっては十銭ぐらいなんですよ。日本人もはやくそうなりたいものですな」

隣のテーブルの話し声はひでの耳にも入ってくる。自分が居留地外国人の恩恵を受けて、西洋式の贅沢な生活をしていることに複雑な思いがあった。

チャールズはひでの落ち着かない様子を察して、岡田に人力車を呼ぶように言った。帰宅して暖炉の前のソファに落ち着くと、優しくひでに話しかけた。通詞の岡田もいる。

「ひでさん、音楽劇のアリババはどうだった。気に入ったかい」

「ええ、面白くて楽しゅうおした。わたしも春の踊りでは舞台に立っていたので、興味いっぱいどした」

「それはよかった。今度、居留地のパーティーがあるとき一緒に行こうか」

チャールズの誘いに、ひではすぐには答えなかった。自分が外国人社会に入るのはかえってチャールズの邪魔になるようだと感じていたし、ひで自身も馴染めないと思う。申し訳なさそうに言った。

「それは止めておきとうおす。ふつう日本では女は家からあまり出ないのです。奥にいるから奥様と言われます。それにわたしはずっと着物を着ていたいのです。いいでしょうか。西洋の服はどうも落ち着かなくて」

「もちろん、いいですよ。ひでさんの着物姿はいつ見ても素敵だよ。私は好きです。それから、ひでさんが淋しくないように、いつでもお母さんや妹さんに会いに行くといいよ」

「おおきに。わたし、とても幸せです」

ひではチャールズの心遣いに感謝していた。心からいとしい人だと思えた。

百二十一番のデラカンプ商会では、久しぶりに商会の創始者フーゴー・デラカンプを迎え、賑やかで活気があった。チャールズは神戸のデラカンプ商会を発展させてきたことに自信もあり、フーゴーに見てもらいたいと思っていた。

「フーゴーさん、四年振りの神戸ですね。ご存じのようにニューヨーク、ハンブルクともに貿易は順調です」

そして事業の拡大にともない新しくデラカンプ商会の社員になった、シュトフレーゲン、マグリュー、ヴィルケンス、フィシャーの四人を紹介した。

「初めまして、よろしく。大抵はニューヨークにいるのですが、ここしばらくは規模を広げるためハンブルクのデラカンプ商会にいました」

皆と握手したフーゴーは、チャールズに向かって話しだした。

「君が来てから取引拡大の方向だね。やはり横浜を引き上げて神戸に絞ってよかったようだ」

「このところ医薬品と毛織物・絹織物の輸入が増え続けています。輸出は花莚や緞通、お茶も好調です」

「アリアンス保険代理店も加入者は多いですか」

「ええ、なにしろ居留地の建物は木造が多いので、火事が頻繁にあります。今度、八十七番にオリエンタルホテルの別館を煉瓦造りで建てるそうです。評判のハンセル氏の設計だそうです。デラカンプ商会も煉瓦造りにしたいと思いますがどうでしょうか」

「火災保険代理店が焼けては困るからね。それがいいでしょう。ところで奥さんにはいつ会えるかね」

「今晩夕食にお招きしたいのですがいかがでしょう。京都でお会いして以来ですので、ひでもお目にかかりたいと言っています。少し英語も話せるようになりました。日曜学校でアメリカの宣教師に習っています」

「それは楽しみだ。どうも日本語は難しくてなかなか喋れないからね」

チャールズもハンブルクの親戚のことなどを尋ねた。フーゴーは息子のヘルベルトはハンブルクで教育を受けていると語った。

日本は、嘉永七年（一八五四）の日米和親条約以来、国内における欧米諸国民の治外法権を認めていた。

朝鮮に対しては日本が治外法権を握っていた。朝鮮は江戸時代の日本のように、長い間鎖国をしていた。これを、武力を背景に開国させたのは日本であった。そして日本がアメリカにされたように、朝鮮に不平等条約を押し付けた。明治九年（一八七六）の日鮮修好条規であった。清国は朝鮮を独立国として認めておらず属国のようにみていたから、日本が朝鮮に進出しようとすれば中国とぶつかるのは当然だった。

そのころ、ロシアがシベリア鉄道の建設を始めて東アジアへの進出を図っていた。イギリスはロシアに対抗するため、明治二十七年（一八九四）七月、日清戦争直前に日本と日英通商航海条約を結んだ。このとき、日本の治外法権が撤廃された。

ドイツ系の社交クラブ・コンコルディアに集まっているドイツ人の間でもこのことが話題となっていた。

「領事、ご覧ください。パンチ新聞に面白い絵があります」

その絵には、武装した清国の大男にサムライ姿の小男が刀で向かっている。それを塀越しに見ている男がいる、イギリスである。イギリスは日英通商条約を結んで領事裁判権を廃止して関税率を引き下げた。

「イギリスは日本と清国を戦わせるつもりでしょうかね」

「日本は朝鮮問題では清国とにらみ合いの状態でしょう。このビゴーの風刺絵も興味深いですよ。サムライ姿の日本と辮髪の清国が向かい合って釣りをしている。それを髭面のロシアが見ている。どちらかが朝鮮を吊り上げたら奪ってしまうつもり、という図でしょう」

「日本と清国の戦争は避けられないようですね。しかし

ジョルジュ・ビゴーの風刺画「魚釣り遊び」

物資の供給が必要となり我々の貿易量は増えるでしょうよ。ところでチャールズ、新しいデラカンプ商館の完成が近いようですね。わたしも楽しみにしていますよ」

「ありがとうございます。一年近くかかりましたが、これで火事の心配が少なくなります」

チャールズは新しくできた百二十一番館、百二十二番館に大いに満足している。ハンセルの設計で、赤煉瓦造り、オランダ風バロックスタイルの堂々たる構えであった。

明治二十七年（一八九四）は日清戦争のあった年であるが、神戸港の輸入量が日本一になったほど神戸の貿易は栄えていた。ドイツ商社に関しては、明治十年（一八七七）に横浜と神戸で十七社あったのが、明治三十一年（一八九八）には四十二社に増え、そこで働くドイツ人の数も二・五倍になっていた。

日清戦争はわずか八か月で、日本の勝利に終わった。

元町山手にある母と妹たちの家を訪ねる途中の道で、ひでは男の子たちが戦争ごっこをして遊んでいるのを見かけた。板塀の中から枝を延ばした桜の花びらが風に舞い落ちる。

「ぼくが勝ったから日本だ。負けた奴は清国だい」棒を振り上げて勝どきをあげる。負けた男の子は泣きながら逃げていった。ひでが「日本は強いね」と声をかけたら、勝った男の子も走って行ってしまった。

「こんにちは、お母さん、桜の花が満開でどこもきれいね」

「いらっしゃい、ひでさん。元気そうだね」

「ねえ、日本が戦争に勝ってすごいわね。居留地の外国人もびっくりしているようよ。チャールズがそう言うてたわ」

「日本中、大喜びだね」

「たみさんと三重は？」

「たみはお花のお稽古、三重は女学院よ」

母は、ちょうどよかった、ひでに頼みごとがあると言う。伊勢にいる従姉妹の息子が神戸の呉服屋に働きに来ていて、先日訪ねてきたという。

「夜学の神戸商業学校に通って英語の勉強もしていてね。将来は外国人居留地で働きたいらしい。ひでさんにお願いしてほしいと言うてるんだけど、どうかしらね」

「英語が出来ればいいと思うわ。だんなさんに話しておくわ」

「こんにちは、ひで姉さん」三重が学校から帰ってきた。

「おかえり。女学院の勉強はどう、毎日楽しくやっているの」

「ええ、楽しいわ。うちもひで姉さんのように英語で話してみたいわ」

「わたしの英語は喋ってるとは言えんのよ、片言よ」

明治二十九年（一八九六）、日本の商権擁護をめぐってある事件が起こった。花莚の主要輸出先であるアメリカで、マッキンリー大統領が自国のカーペット産業を保護するために外国花莚に高率の関税を課そうとしていた。ニューヨークに支店を持つデラカンプ商会はこれを見越し花莚の買い占めを図ったのである。

デラカンプ商会は電報で岡山の磯崎眠亀《みんき》製莚所へ「五月十日までに品物を送れ、一畳十円で買う」と花莚の注文をした。その後「約束の日までに品物が届かなかった。一畳八円でないと買えない」と言いだした。

磯崎眠亀が調べたところ、予定の日には神戸のデラカンプ商会の倉庫に入っていたことがわかった。当時はデラカンプ商会だけではなく、大抵の外国人商社は日本の商人に無理な値を押し付け、日本の商人は言われるがまま泣き寝入りすることが多かった。

しかし、磯崎眠亀は「嘘をついてまで注文の品を値切るとは何事か。約束の十円を切っては一枚も売らぬ。日本の商人のために裁判に持ち込んででも戦う」と譲らなかった。

岡山の茶屋町（現倉敷市）はい草の産地で、磯崎眠亀は明治十二年（一八七九）、い草に美しい色をつけ、さらに模様挿入機を発明して、鮮やかで精巧な図柄を織り出すことに成功した。大坂城や、富士山等の絵柄もあった。しかし、一枚織り上げるにも手間がかかるため高級品で一般の日本人には手が届かず売れなかった。

磯崎は神戸に行き外国人を相手に売り込みを試みた。明治十四年（一八八一）、貿易商浜田篤三郎に出会い、ロンドンへの輸出に成功したのである。外国ではタピスリーとして壁に飾られ、明治二十五年頃には世界的芸術品として有名になり、日本の十大輸出品に数えられるようになっていた。神戸から岡山茶屋町へ貿易商の出入りが多くなり、〃茶屋町今神戸〃とまで言われた誇り高い眠亀にとって、値切りは許しがたいことだった。

結局、貿易商の浜田篤三郎が仲介、デラカンプ商会も非を認めたため、磯崎眠亀は一枚九円五十銭で売ることにした。この事件は「デラカンプ事件」とも言われ、日本における商権擁護のよい先例となった。

第三章　居留地返還

明治二十九年（一八九六）三月三日未明、京町七十九番のクラブ・コンコルディアから火災が発生した。シム隊長の率いる居留地消防隊と日本の消防隊による必死の消火活動にもかかわらず、建物は全焼した。居留地の住民はもちろん、山手に住んでいるチャールズも駆け付けた。コンコルディア会長のエバースは「どこから火が出たんだろう。あれだけ注意していたのに」と嘆いた。「幸い風がなくて類焼はまぬがれそうです。消防隊のお蔭です」

やはり木造は火事に弱い、チャールズはそれを実感した。

三月四日の「コウベ・クロニクル」は次のように報じている。

一八九六年三月三日（火曜日）「クラブ・コンコルディア」焼失

「クラブ・コンコルディア」が今朝方、焼け落ち、辛うじて梁と柱だけが残った。出火は五時半と六時の間に発見され、警報を発しながらシム隊長指揮の居留地消防隊と日本の消防隊が素早く出動した。建物は彼らが到着したときには真っ赤な炎が燃え盛り、既に屋根を突き抜け、その後マッチの軸木のように燃え続けた。どうにかやっと持ち出せたのは家具の比較的僅かな部分だけであった。火は後ろから起こり、明らかに階上の一室からであった。幸い風がなく、そうでなかったら、こんな大きな炎では隣接の財産を救うことは不可能であったろう。オリエンタル・ホテルは片方の側にあり、もう一方の側は故W・C・ボンガー氏の家で、後ろはナンキウエル夫人の住居があったが、すべて全く無事であった。

（中略）物件には四、五社三万ドル程度の保険が掛かっていた。結果は次のとおりである。マグデブルグ社代理店H・Cモーフ商会扱い一万三〇〇〇ドル、アリアンス社代理店デラカンプ商会扱い八〇〇〇ドル、ロイヤル保険社代理店オットー・ライマース商会扱い

六五〇〇ドル、ハンブルク火災保険社代表グレッサー商会二五〇〇ドルであった。
クラブ・コンコルディアは翌日のクロニクル紙に公告を出した。

「クラブ・コンコルディア」に於ける火災の件
クラブ・コンコルディア会長及び委員会は、昨日の火事に於いて下された援助に対して消防隊並びにその他の各位に衷心より謝意を呈する次第である。
書記　ハイトマン

イギリス人、スコットランド人、アイルランド人、そしてアメリカ人等を中心にした神戸クラブの委員会は自分たちの建物設備を暫時使用するようクラブ・コンコルディアのメンバーに呼びかけた。神戸クラブは明治二十三年（一八九〇）、既にイギリス人建築家ハンセルの設計と監督で、赤煉瓦二階建ての堂々とした建物になっていた。居留地の外国人たちは国が違ってもお互いに助け合う間柄で、友達付き合いをしている人も多かった。

神戸クラブの一室にクラブ・コンコルディアの役員たちが集まっている。エバース会長が立ち上がって挨拶をする。

「神戸クラブのご厚意でお部屋をお借りできて有難いことです。しかし幸いに百十七番と隣接の百二十六番が手に入りました。新しいクラブ・コンコルディア建設の目途がたちそうです」

詳しいことは書記のハイトマンが手元の書類を見ながら説明した。

「火災保険に四社入っていました。これが三万円の額になります。火災にあった七十九番を二万九千円で売却。銀行からの融資三万円。その他、各国の方々からお見舞い金を頂いていますし、コンコルディアの会員から寄付が続々届いています。なお保険代理店様にはこの場を借りてお礼申し上げます」

チャールズは付け加えて言った。

「先日ハンセル氏にクラブ・コンコルディアを煉瓦造りの建物にした場合を試算していただきましたら、四万円はいるだろうとのことでした。ですから土地と合わせて九万八千円になりますが、立派なものが出来るでしょう」

「私は新しい建物が出来上がるまでは会長を務めますが、新会長で新しいクラブ・コンコルディアを盛り立てて頂きたいと思っています。どうぞ皆様のお力をお貸しください」

エバース会長はほっとしたように笑顔で言った。

明治二十九年（一八九六）十一月、東遊園地西側の約三百四十坪の敷地に、ハンセル設計による煉瓦造りのクラブ・コンコルディアが完成した。神戸クラブからはグランドピアノが、居留地の人たちからは調度品や飾り物等が贈られた。しかし設備費用にさらに三万円を要した。

この後のクラブ・コンコルディアは、チャールズ・デラカンプ新会長のもとで盛んな活動を展開した。ドイツ人商社の営業拡大にともない会員数は増え続けた。この時期、会員の多くは居留地か近くの山の手に住んでいたので、クラブを訪れるのが日課のようになっていた。こうした社交場での仕事の情報交換や歓談が、異国で暮らす外国人にとっては心の慰めでもあった。


居留地の東のレクリエーション・グランドを、絣の着物に袴姿の若者たちが海岸へと急いでいる。神戸レガッタ&アスレチック・クラブのボート・レースを見に行く神戸商業学校の学生たちである。

ひでの親戚にあたる山田正男は夜学の学生だが、休みを利用して来ていた。毎年秋に行われる神戸レガッタのボート・レースには日本人が参加してもいいことになっている。

「面白そうだよな。俺たちもやってみたいものだ。日本は海に囲まれているんだ、やればうまくなるかもな」

「いま建設中のあの建物、煉瓦造りだぜ、大きいなー」隣を歩いている新田誠が言うと、

「その向こうに煉瓦造りの赤い建物があるだろ。あのデラカンプ商会に就職を頼んであるんだ。夜学だけど商業学校を卒業したらと言ったら、英語も勉強しろと言われた」

「そいつはいいぜ。日本とは経済力が大違いさ。俺も行きたいよ」

日清戦争で日本側が勝利し、講和条約で台湾・遼東半島が日本の領土になったが、講和直後にロシア、ドイツ、フランスの三国干渉により遼東半島を手放す事になったことを、新田は言っている。

「そうしたいなら頼んでみるよ。君なら英語も良くできるしね」

学生たちは小野浜の海岸へ向かって急いだ。海岸には外国人は勿論、日本人もいて大勢の見物の人で賑わっていた。岸辺には赤地に白十字、その中央に「ＫＲ＆ＡＣ」の文字を染め抜いたクラブ旗が高々と上がっていた。

ピストルの合図で、四人乗りの五艇の舟が西の方から一斉に出発した。秋晴れのなか、きらめく青い海に白い波を立て、東の方向を目指して来る舟に、人々は興奮して声をあげる。

レースは商館ごとの競争で、デラカンプ商会、イギリスのハンター商会、サムエル商会、スコットランドのフレザー商会、

ホップ商会の五艇で競う。皆若くて逞しい男をそろえているように思われる。五艇がほぼ同じように進んでいる。ワーッと言う歓声の中、舳先に小さな国旗をはためかせて、どのチームが一位か分からないほど一斉にゴールした。応援も国別、友人、商会といろいろだった。

「デラカンプ商会が舳先一つの差で一着のようだ」

山田正男が喜んでとびあがった。デラカンプ商会チームは喜びあって握手している。もちろんチャールズも参加していた。

山田と新田は、これから自分たちが働くであろう商会が一層輝いているように思えて、早く卒業して貿易の仕事がしたいと心がはやった。チャールズは、会社で働きたいという日本人の若者のことをひでから聞き、日本人を雇うことも必要だと思った。花莚のデラカンプ事件があった時、日本人社員がいれば避けられたかもしれないとも考えた。

安政の日米修好通商条約は、日本にとっては不平等条約であるが、幕府はイギリス、ロシア、フランス、オランダ諸国とも結んでいた。明治になってこの条約を改正したいと政府は苦慮していた。

明治二十七年（一八九四）、日清戦争直前にイギリスと日英通商航海条約を結んだ。続いてアメリカ、フランス、イタリア、ロシア、ドイツ、オランダ、スペイン、オーストリアなど十四か国と条約調印が行われた。治外法権撤廃、居留地返還の実現は、五年後の明治三十二年（一八九九）である。しかし関税自主権は明治四十四年（一九一一）まで実現しなかった。

居留地の外国人は、返還後は日本の法律に従わなければならない。新条約発効の日が近づくにつれ、外国人社会は不安とあきらめのムードに包まれていた。

明治三十一年（一八九八）十一月、明治天皇が神戸港での艦隊演習視察に来られることになった。神戸外国人居留地では、日本の君主に敬意を抱いていることを示す良い機会だと捉え、居留地民は家族総出で歓迎することにした。日本政府も外国人の熱意を喜び、馬車での居留地通行を決めた。

百二十二番のデラカンプ商会事務所ではシュトフレーゲンが皆を集めて、

「明日の午後、天皇が神戸居留地を通過なさるので、居留地の人は家族も皆正装してお出迎えするようにと、居留地委員会から言われています」

オルデンは両手に二つの旗を持ちながら言った。

「ドイツと日本の旗を用意してあります。皆さまご家族で礼をつくしてお迎えください」

翌十一月十九日午後、明治天皇はメリケン波止場から、正装の儀杖兵を従え無蓋馬車で海岸通りをゆっくりと通過された。

海岸には日本の旗を手に正装した日本の男女が大勢待っていた。男達は紋付袴姿で「天皇陛

下、万歳」と叫んだ。女達は訪問着か付け下げの華やかな着物姿で、手にした旗を振っている。その中にひでと母親の八重、妹のたみ、神戸商業学校の山田正男と新田誠もいた。

天皇の馬車が海岸通りを進み、居留地に近づくと、正装した大勢の外国人の男女と子供達が日本の旗と自国の旗を持って歓呼する。「フレー、ザ・エンパラー」

天皇は、神戸市民や居留地民の挨拶に、馬車の上でそのつど頷いて応えられた。明治天皇は神戸居留地の人々の歓迎をことのほか喜ばれたという。居留地を通過後、三宮駅（元町駅）から午後二時三十分に大阪へ向かい発たれた。

人々が海岸通りを離れはじめたころ、山田と新田が、ひでのところにやって来た。

「こんにちは、先日お話しした友達の新田です」

「お二人でこれからデラカンプ商会に行ってください。チャールズがお会いしましょうと言っています」

「ありがとうございます！」二人は百二十二番館に急いだ。


明治三十二年（一八九九）七月十七日、居留地返還当日を迎えた。三十一年半にわたる居留地の歴史に終止符が打たれることになった。

午前十時、居留地警察署楼上で行われた返還式には、日本側から兵庫県知事・大森鍾一、神戸市長・鳴滝幸恭など多くの関係者が出席した。居留地側からは、副会頭のA・C・シム、居留地行事局長ヘルマン・トロチックをはじめ居留地民も多く出席した。

病気で出席できなかった会頭のジョン・クーリー・ホールの代わりに挨拶に立ったのはフランス領事ド・ルシイ・フォサリュウであった。彼は神戸に十六年間駐在し、外国人コミュニティの活動に積極的に参加していた。彼の返還式でのスピーチは後に絶賛された。

「三十年前、日本当局がわれわれ外国人に神戸の居留地を引き渡した時、その地は正真正銘の砂地でした。私たちはその場所を、美しい建物が建ち並び、倉庫という倉庫には商品があふれている立派な町に変えて日本政府に返還いたします。この町こそ西洋諸国民の才能を示す実例であり、象徴であります。その旺盛な進取の気風、倦むことのない企業精神、忍耐、倹約、そして商業経験、これらが神戸の発展に大きく寄与してきたのです。居留地の歴史はそのまま神戸の歴史を述べることになるでしょう。この三十年間、居留地内で特筆されるような大きな変動や紛争は一つもありませんでした。広く美しい並木通り、夜間ガス灯が明るく照らし出す見事な煉瓦造りの歩道、石畳の十字路、今後さらに利用度が高められようとしている遊園地、この整然とした清潔な神戸の居留地は〈極東のモデル居留地〉という賞賛を頂いています。しかし、絶えず下水道を点検し、街路や建物の清掃に心がけ、能率的に警察を維持し、留置場や墓地の保全に努力しました。……」

フォサリュウの挨拶には、居留地の維持・発展に努めてきた外国側の自信と誇りがこめられていた。

次に大森知事が挨拶をした。

「思い返せば一八五八年の日米通商条約、次いでヨーロッパ各国と同じ条約を結び、それは不平等条約とも言われました。今日ここに条約改正がなりました。日本国の願いが叶います。関税の問題は残りますが、居留地は外国ではなくなりました。日本の商社もここに参入してよい仕事をなさってください」

居留地行事局長ヘルマン・トロチックと鳴瀧神戸市長が進み出た。

「居留地会議から神戸市長に引き継ぎを行います。公園三カ所、墓地二カ所、消防器具一式、ガス灯九十四基、防火井戸二十一カ所、居留地会議経費計算簿十五冊、同議事録四冊等神戸市にお渡しします」

「確かにお受けしました。立派に整備された居留地を維持するため、引き続き遊園地、公園、墓地の維持管理、消防隊の活動、ガス灯、防火井戸の継承管理をいたします。ここに受領書をお渡しします」

市長とトルチックは堅く握手を交わした。

この返還に伴い居留地側では相談委員を選んだ。治外法権撤廃に付随する多くのトラブル発生を防止し、内外人の親睦がそこなわれないようにするためである。選ばれたのはT・W・ヘリヤー、A・H・グルーム、A・C・シム、C・L・デラカンプ、H・ピテリーの五人だった。

「別室にてシャンパンを用意しています」トルチックが案内すると、神戸市助役も皆に呼びかけた。

「午後二時から、小野浜桟橋の近江丸船上にて、神戸市参事会主催の祝賀会があります。是非ご参加ください」

その日、市民は国旗を揚げ提灯を吊り、幔幕を張り巡らして慶祝した。神戸市役所はじめ市内の主だった銀行、会社は休業し、学校は休校にして祝意を表した。

第四師団軍楽隊の演奏とともに近江丸が桟橋を離れると、港内の小舟から花火が打ち上げられた。立食パーティーの船内では、余興として独楽回し、水芸、獅子舞、手品、皿回しなどが演じられた。出席者の日本人は三割が和服で、洋服の日本人はフロックコートにシルクハットの正装、外国人はカンカン帽にスーツの軽装であった。洋服の日本人は汗だくとなった。

居留地返還はなされたが、関税自主権は保留のままで、居留地の外国人商社の仕事は変わらず順調であった。クラブ・コンコルディアの集会も盛んであったが、クラブ内だけでなく、須磨、舞子、明石、住吉、打出、香櫨園や甲山などへもピクニックに出かけた。彼らのピクニックは、木陰に食卓をしつらえ、食事の世話をするウエーターを従えて食事をするといった豪華なものであった。

C・ニッケルが、明石へ向かってアメリカ製のジェリエを運転していた。明治三十五年（一九〇二）、神戸に初めて四輪自動車が走ったのもこの年で、非常に珍しい新しいものだった。助手席にチャールズ・デラカンプが座り、後ろの席には前会長のエバースと書記のハイトマンが乗っていた。チャールズはクラブ・コンコルディアの会長として、汽車で向かう会員達より先に着いて、日本人の男衆やウエーターが、食卓の準備や料理を整えているかを確認しておきたかった。

須磨の松原と海を左手に見ながら、ニッケルが言った。

「ここの眺めはいつ見ても素晴らしい。外国人は土地を買うことは出来ないが、一千年間契約の地上権を持つことは出来る。あの海岸に近いあたりの地上権を買いましたよ」

「いい眺めだし、よろしいなー。それに車があれば便利ですな。鉄道はまだまだ本数が少ないですからね」

車は明石城址に到着した。公園の広場には既に日本人の使用人達によってテーブルが調えられていた。乗馬の好きな人は、遠乗りにはちょうどよい距離だと馬で来た人も数人いた。汽車で来た人達も到着していた。総勢三十人であった。やはり皆の興味を集めたのはニッケルの買って間もないアメリカ車・ジェリエで、賑やかに車を取り囲んでいた。

書記のハイトマンがワイングラスを鳴らして言った。

「皆様、食卓についてください。楽しいピクニックのランチです。お酒がまわる前にご注意があります。ここは古いお城址です。兵庫県にピクニックの許可をもらう時、何物も傷つけないと約束をしましたので、その点よろしくお願いします。では会長のご挨拶です」

「秋晴れの気持ちのよい日に、皆様ご一緒にピクニックを楽しむことが出来るのは何よりです。乾杯はエバース氏にお願いします」

「では皆様のご健康とご繁栄に、乾杯」

エバースが立ち上がり、ワイングラスを高くあげた。「プロジィッ」「プロジィ」たがいにグラスを合わせた。食事が始まり会話も弾んで、文明の利器の車がいい、いや馬の方がいい、などと論じ合った。

食事の終わった人達は三々五々城の散策に出かけた。高い石垣の上には白壁の櫓があった。ゆったりとした石段を登って行く人、石垣の下をまわって剛ノ池へ行く人もいた。春には桜が美しい池の周囲は、今は紅葉して水面を赤く染めていた。

チャールズはまだテーブルに残ってニッケル、エバースと雑談をしていた。話題は今度六甲山にできるゴルフ場のことで、イギリス人のグルームが別荘の隣に造成中である。

「先ずは九ホールのコースを目指しています。会員を募集しているということで入会しました」チャールズが言うと、ニッケルも「私も会員になりました」

エバースも笑いながら「六甲山に登ってゴルフをする元気はもうありませんが、会員になりましたよ」

「馬で行くにしても、駕籠に乗るにしても、車で行くにしても、登山道路がもっと良くなってほしいですな」ニッケルも車であの曲りくねったガタガタの坂道を運転するのは難しいと思った。

その頃のデラカンプ商会は輸出入とも順調であった。居留地東端の百二十、百二十一、百二十二、百二十三番と、倉庫として西の百五、百六番の六区画を所有。商会は発展を続けていた。日本人社員は丁稚もいれて十九人いた。

最初の日本人社員である山田正男はひでの妹のたみと結婚していた。母の家を度々訪れていたひでに、

「居留地で日本人が働けるようになってよかったよ。たみさんはもうすぐ赤ちゃんも生まれることだし、正男さん張り切って働いているそうだよ」八重はひでのお蔭だと感謝した。

「ほんとうにね。よかった。でもデラカンプ商会にとっても、真面目に表裏なく働いてくれる日本人社員がいるのは安心でありがたいことよ」

そこに大きいお腹を抱えて、たみが入ってきた。

「お産婆さんがもう近いですよと言わはるので心配なんよ。うちの人は花莚の仕入れに岡山まで行っているし、心細いからもう母さんの家に来てもいいですか」

「そうするといいよ。準備は出来ているし、お産婆さんもこちらに来てもらうように頼んであるから安心して」

八重がやさしく言った。

「男の子かしら、女の子かしら。どっちにしても待ち遠しい」

ひでも楽しみに待っていた。

「ねえ、ひでさん、三重のことなんだけどね。デラカンプ商会に勤めている新田さんと時々会っている様子なんよ。三重も二十歳を過ぎたことだし、来年の春くらいに祝言をあげたらと

思うとるんだけど」
「そう、知らなかったわ。でもいいお話でしょ。またこの近所に住めばいいね。赤ちゃんが生まれたら、皆でお世話できるしね」

日清戦争で敗戦国になった清国はイギリス、ロシア、ドイツ、フランスの植民地のようになっていた。諸外国の無法なやり方に反感を持った中国の民衆は義和団を結成、扶清滅洋（清を助け西洋を滅ぼす）という旗印をかかげて、北京や天津の各国の大使館を取り囲んだ。清の王朝はこれを抑えなかった。一九〇〇年（明治三十三）、イギリス、ロシア、ドイツ、日本などの諸国は、兵を送って義和団を鎮圧した。

そして清国から莫大な賠償金をとった。北清事変である。日本の出兵はイギリスの要請だった。事変が終わっても、ロシアは兵を引かなかった。このようなロシアの動きに不安を感じたイギリスと日本は、一九〇二年（明治三十五）日英同盟を結んだ。これまでいかなる同盟も結ばず「名誉ある孤立」を誇ってきたイギリスが、その孤立を破った同盟であった。

クラブ・コンコルディアに来ているドイツ人の話題も、専ら日本とロシアのことばかりであった。母国ドイツはロシア・フランス同盟に挟まれた恰好で無関心ではいられなかった。会員たちは各国の新聞を取り寄せて読んだ。

「イギリスと日本が同盟を結んだ。またまたイギリスは日本をロシアに対立させるつもりですよ。この『フィガロ』（フランスの新聞）の漫画、見てください。ロシア熊に立ち向かう着物姿のサムライが、つり橋の上でひくにひけず曲芸をしている」

新聞を手にオストマンが言った。

「日本は中国や朝鮮で、ロシアの進出には対抗したいでしょうからね」フィッシャーも横から漫画を見て言った。

「しかし、相手が大きすぎないかね。日本は日清戦争には勝ったが、ロシアの強大な軍事力にはまだまだ太刀打ちできないでしょう」年配のエバースが言った。

フィガロ紙に掲載された風刺画

明治三十五年（一九〇二）、イギリスと日英同盟を結んだ日本にとって、ロシアとの戦争が避けられないものとなった。百二十一番のデラカンプ商会でも、日露間の戦争にどう対処するかが話題になっていた。

「軍債協力応募者の第一回から第三回までの名簿と、第四回の協力者、募集要請が居留地の商社にも回ってきています」

日本人の協力者リストには、松方幸次郎、川崎正蔵、鈴木岩次郎、九鬼子爵、小寺泰次郎等々の名士が十万、二十万、五十万の大金を二回、三回と協力し、もちろん神戸市もある。市民からも大勢が百円、二百円という協力金を出していた。

「当然イギリスとアメリカの商社は協力しなければと思いますが、我々ドイツ商社はどうでしょうか。いやドイツ商社のライマース商会の二万五千円もありますよ。イギリス人のジェームス・マクレン氏の六万五千円もすごいですね」

オルデンが協力者名簿を見ながら言うと、シュリューターが、

「実はすでに第四回の軍債協力応募者名簿も回ってきました。ドイツ商社ではライマース商会一万円、ライマース・ライフ商会二万五千円とあります。わがデラカンプ商会は一万円です」

チャールズは事後報告になったことを詫びながら言った。

「急を要することでしたので、一万円を協力しました。今はデラカンプ商会に日本人も多く働いていることでもありますからね」

「居留地の外国商社もかなり協力していることを考えれば、デラカンプ商会も協力しないわけにはいかないでしょう」

シュリューターたちも同意した。当時の一万円は現在の額にして約五千万円に相当する。

そこへ日本人社員の新田、山本、角田、山田の四人が、硬い表情で姿を見せた。

「ご報告があります。われわれに召集令状が来ました」

新田が言い、山本、角田と並んで静かに頭を下げた。

「そうですか。ついに来ましたか。デラカンプ商会としては残念ですが、若い人は行かねばならないでしょう」

チャールズは仕方ないことだと思った。

「新田さんと角田さんは、まだお子さんは小さいですね」

「はい、それが一番心配です。国からは少しの給料は出るようですが」

「心配しないで。皆さんが帰って来るまでは、デラカンプ商会も応援しましょう」

そのとき山田が、「実は私には召集令状は来ませんでした。三十歳を過ぎているからでしょう。デラカンプ商会で皆の分も働くつもりで頑張ります」

新田、山本、角田の三人は深々と頭を下げた。

「では行ってまいります」

湊川神社の境内に、八重、ひで、山田夫妻と娘のふみ（三歳）が、新田夫妻と娘の雅子（二歳）とともに、新田の出征と無事の帰還を願って参拝にやってきた。まず新田が本殿の鈴を鳴らして、三重と雅子が続いた。

「お体を大切にして、無事のお帰りを祈っています」

「大丈夫だよ。雅子のことをたのんだよ」

八重やひでたちも無事を祈って参拝した。

「皆で神様にお願いしたのだから、きっと無事にお帰りになりますよ」内輪だけの送別会だけど、と断って家に料理を用意しているからと八重がみんなを誘った。


明治三十七年（一九〇四）二月、日本軍は朝鮮半島に上陸、日露戦争のはじまりである。

同年八月、乃木希典を司令官とする部隊はロシアの誇る旅順要塞の攻撃を開始したが、苦戦を続け、十三万の将兵のうち、五万九千人もの死傷者を出した。しかし、七か月に及ぶ激戦のすえ明治三十八年（一九〇五）一月、ついに旅順陥落をなしえた。

一月十五日昼、市民大祝賀会が湊川神社境内で開か

れた。夜は提灯行列で賑わい、数万の人の波と提灯が喜びに揺れた。

「バンザイ、旅順で日本が勝ったぞ」口々に叫んでいた。山田正男もその波の中にいた。

その興奮が冷めやらないまま、山田は八重の家にやって来た。

「宇治川筋から神戸駅までいっぱいの人でしたよ。旅順で日本が……」と言いながら、皆のただならぬ様子に気が付いた。

「どうしたんです。何があったんですか」

八重が、つらそうにやっと口を開いた。

「ロシアにこんなに早く勝てるとは誰も思うていませんでした。けどな…、新田はんが、戦死してしまはったんです。角田はんも。先ほど報せがありましてな」

「えっ、それはまた……。三重はん……」

山田は声が続かなかった。世間はこんなにはしゃいでいるというのに、三重は雅子を膝に抱いたまま放心状態だった。

「慰めの言葉もないんよ」たみが夫の山田にぼそっと呟いた。

〈あゝ、おとうとよ、君死にたまうことなかれ〉―与謝野晶子の詩が、ひでには身にしみてわかるように思えた。

前年の『明星』九月号に掲載された晶子の詩は、忠臣愛国に反すると批難された。晶子はその後、同誌十一月号に「私はまことの心をまことの声に出だし候とより以外に、歌のよみかた心得ず候」と書いている。

明治三十八年（一九〇五）五月、ロシアのバルチック艦隊を対馬沖に迎えた日本海軍は、東郷平八郎の指揮のもとに思いがけない勝利を収めた。

これがロシアの敗戦を決定づけた。うちつづく敗戦で、ロシアの兵士は気力を失い、国内では皇帝の支配と戦争に反対する民衆の動きが各地で起こっていた。しかし、日本もまた戦争を続けることは出来ない状態にあった。

経済的に行き詰まっていたのである。戦争の費用は一七億四六〇〇万円を超えていた。そのうち八億はイギリス・アメリカからの外国債で調達していたのだ。

戦後は満州を列国に解放するとし、同年五月九日、アメリカ・ポーツマスで講和条約が結ばれた。条件は日本が韓国に対して指導権を持つことを認めること、遼東半島を清から借りる権利と満州鉄道の権利を日本に譲ること、樺太の南半分を日本の領土とすること。

しかし賠償金については、ロシアから払われることはなかった。

ロシアに勝ったというニュースばかり聞かされ、もう戦い続ける力のないことを知らない日本の国民は、この条約に不満を持ち、あちこちで講和反対国民大会が開かれた。東京では、群衆が日比谷公園へなだれこみ警官隊との乱闘となり、前年に開店したばかりのレストラン「松本楼」は暴動に巻き込まれて焼失した。

神戸でも、非講和同志団体主催の政談演説会が開かれたあと、興奮した聴衆が近くの湊川神社に流れ込み、その数人が伊藤博文像に石を投げた。さらに四、五人が銅像に駆け上がり、柵の鉄鎖を像の足に巻き付け、引き倒しにかかった。同調した群衆も押し掛けて像は引き落とされてしまった。

民衆は戦争賠償金があると思い、貧しい生活の中、国債を協力していたが、その賠償金は入らず、戦争のための莫大な費用はすべて生活にのしかかることになった。国民はその不満をぶちまけたのだった。

第四章　須磨の洋館

夜のクラブ・コンコルディアでは、いつものようにドイツ人たちがくつろいでいた。新聞を読んだり、バーでお酒を飲んだり、おしゃべりを楽しんでいた。

「ロシアに勝った、勝った、と日本は大変な騒ぎだね」

「ロシアでは労働者たちの革命が起きています。戦争を止めざるを得なかったでしょうよ」

「わが社でも日本人社員数名が戦死しました」チャールズが言った。

「日本人は勇敢だね。決して逃げないそうだ」

皆が戦争の話に沸いているところに、カール・ニッケルがやって来た。

「チャールズ、ビリヤードをしませんか。今台が空いているよ」

「いいですね。お願いします」

ニッケルはビリヤード台のある部屋へ入ると、チャールズに
「実はお話ししたいことがあるのです。玉突きしながら適当に聞いてください」

チャールズはナインボールを揃えながら頷いた。

「以前に須磨の海岸の土地を、一千年間の借地権を得て手に入れたことは話しました。私はいまそこに日本建築の家を建てて住んでいます」

「ええ、眺めがいいし羨ましいと思っています」玉を突いてチャールズが言うと、

「その我が家の隣にかなり広大な土地があります。どうですか、よければ一度ご覧になりませんか。ご案内しますよ」ニッケルも玉を突いて言った。

「そうですね。拝見してみたいですね」キューを置いてチャールズは言った。

ニッケルもキュー・スティックを置いた。

「ロスト、君の勝ちだ。明日の朝、百二十一番まで迎えに行くよ」


次の朝、チャールズを乗せたジェリエが、ニッケルの須磨の自宅に着いた。

「素晴らしい眺めですね。庭が海まで続いて、淡路島もよく見えます」

チャールズは海岸まで、石灯篭の置かれている松林の庭を歩いて行った。

「この土地だけでもかなりの広さがありますが、この東側と西側も買わないかと声がかかっているのです。チャールズ、あなたにどうかと思って見に来てもらいました」

「これはいい。大変気に入りました。しかし、東と西に分れるというのが困りますね」

土地の所有者は友国いわといい、女学校をつくる資金の一部にするために売却を考えているという。

「それで私に話があったのですが…。私の土地を含めて全部というのはどうですか」

「せっかく手に入れた土地を、よろしいのですか」

「実は…」とニッケルは胸の内を話し始めた。

「もうドイツに帰ろうかと思っているのです。神戸での荷揚げの会社もうまく行っていましたが、今や〈上組〉という日本人の会社が出来て発展しています。私も七十歳が近づいて、故郷が恋しくなりました」

C・ニッケル商会は一八六二年（文久二）に長崎で創業、一八七二年に神戸に移った。海岸通り一丁目に商会があり、神戸港での輸出入貨物の荷役や船舶代理店業などの事業を展開していた。

「そうですか。私にはこの土地は魅力があります。なにしろ妻の家族は大家族ですから」

チャールズはすでにクラブ・コンコルディアの会長を退いていたので、もう山手に暮らす必要はないと思っていた。

「それなら全部の土地をお考えになってください。近いうちに一度六甲山へゴルフにいきませんか。車でご案内しますよ」

ニッケルは機嫌よく言った。

地主の友国いわの妹・友国晴子は、仏教に基づいた女学校を創立したいと情熱を持って取り組んでいた。いわは、妹の夢の実現を後援したいと資産を提供、親和女学校が誕生するのである。

元町山手の家では、チャールズとひでがリビングのソファで寛いでいた。足元には二代目の愛犬レオがいる。

ニッケルから聞いた今日の話を、ひでに相談した。

「ひでさんは須磨の海岸を知っているよね」

「鉄道が出来たとき、母さん達と明石まで遊びに行き、汽車の窓からきれいな松林と海をみました」

「そうだね。いいところだよ」

チャールズはひでの肩を抱き寄せると
「わたしはひでさんとずっと一緒に暮らしたいと思っている。生涯を日本で過ごすつもりだよ。あの須磨の海岸の広々した松林の中に家を建てて、犬を何匹も飼って暮らそうと思う。ひでさんはどう思う」

「あの海岸で毎日散歩しながら暮らすのは嬉しゅうおすけど、母さんや妹たちの家族と遠くなるのは淋しゅうおす」

「敷地は広いから西洋風の家と日本風の家を建てる。母さん達は同じ敷地に暮らせばいいよ。

山田の家族も敷地の中に家を建てればいいし、三重さんと雅子は母さんと一緒に暮らすのもいい」

「ほんとう、それは嬉しゅうおす。今みたいに母さんの家を訪ねて行かなくていいし、姪たちにいつでも会える」

ひでが賛成してくれたので、チャールズは手続きを急ぐことにした。外国人は一千年間の借地権を持つことは出来るが、何かあれば不安定だ。チャールズは土地を『生悦住ひで』の名義にすることを考えていた。

「日本国籍のひでさん名義にすれば完全に自分たちのものになる。ひでさん、どうだろう」

「そんなにも私を信用してくださって、おおきに。母さんたちもどんなにか喜ぶでしょう」

「早速、登記の手続きを始めるよ。ひでさんは購入者だから、その時は一緒にいきますよ」

チャールズは須磨の海岸での生活を早く始めたいと思った。

明治四十一年（一九〇八）初夏。百二十一番のデラカンプ商会では、チャールズを中心に仕事が回っていた。

「戦争の度に輸出入とも量が増えていますね。会社にとっては嬉しいことです」

フィッシャーが帳簿を見ながら言うと、マグリューも

「日本の会社もそれで莫大な利益を上げていますがね。しかし、庶民はまだまだ貧しい生活のようです」

そこへ大きい旅行鞄を持って、くたびれた様子の若者が入って来た。チャールズが気づいて立ち上がり、迎えに行った。

「君はヘルベルト、そうだね。待っていましたよ。ハンブルクから報せがあったけど、いつ来るのかわからなかった。ようこそ神戸に」

二人は握手した。

「みなさん、はじめまして。フーゴーの息子のヘルベルトです。よろしくお願いします」一人ずつ握手をして勧められた椅子に腰をおろした。

「シベリア鉄道に乗ったんです。モスクワからウラジオストックまで十二日もかかりましたよ」

途中で燃料が切れると、乗客の元気な男性が木を伐って燃料にしなければならなかったという。ウラジオストックからは船に乗り、舞鶴へ上陸した。ヘルベルトは手帳を出してメモを見ながら、

「マイヅルから汽車に乗って、フクチヤマで乗り換えてアマガサキに来て、やっと神戸に着きました。面白かったけど、もうゆっくり寝たいです」

「それはお疲れでしょう。上の部屋にシャワーもバスタブもあります。どうぞゆっくり休んでください」

須磨の土地の登記を済ませたチャールズは、早速家の建築にとりかかり、完成も近づいていた。中央に二階建ての大きな洋館を建てた。各部屋に暖炉が行きわたるようにしたので、屋根の上には短い煙突が六本突き出している。窓は大きくして、二階のベランダからは淡路島を眺めることもできる。建物内にコックのくにと手伝いのよねも住めるようにした。

洋館に隣接して平屋の日本家屋を建てた。床の間のある大広間の座敷があり、広い縁側のガラス戸から庭が見える。この家には母親の八重、妹の三重とその娘の雅子が暮らすことになるので、それぞれの居間と台所、風呂、納戸がある。洋館と日本家屋の間は屋根付きの渡り廊下で行き来できるようにした。

さらに洋館の東側には山田一家が住む別棟の日本家屋が建った。南側は天然の松林を残して芝生を植えた。ニッケルの敷地にあった数個の石灯籠も配置した。周囲にやや高い生垣を植えこんで囲う作業が最後の仕上げだった。

八重たちが住む元町山手の家を、ひでが、たみと娘のふみとともに訪ねた。ひではすでに引っ越しを終えていた。ふみの夫の山田も、自分の家が持てる喜びに張り切っていて、こちらも早々に引っ越しをすませていた。

「母さん、迎えにきたわ。もうほとんど終わっているようね」

ひでは、すっかり片付いている家の中を見回した。

「そうだよ。あとは家主さんに鍵をお渡しすればいいだけだよ」

八重もほっとしたように言った。たみが、

「今日はふみに大きいお船を見せてあげると言ってるの。神戸港沖に笠戸丸が来ているでしょう。二階からよく見えると思うわ」

「ブラジルに行く移民船だね。小さい子供のいる家族連れが多いんだってね、大変でしょう

よ。…ところでたみさん、来月が予定日だよね。大事にしてくださいよ」

八重は、出産をひかえて大きなお腹のたみを案じた。

「二人目だし、お産婆さんも少しは動いたほうがいいと言わはるし」

引っ越しは手伝わなくてもいいと夫に言われて、ありがたいけど、たみは少し手持無沙汰だった。

「ふみちゃん、雅子、上でお船を見ましょう」

三重は子供たちと二階に上がった。

「大きいお船がよく見えるでしょう」

「うん、大きいお船どこへ行くの」ふみは港を眺めて言った。

「遠い、遠いお国のブラジルに行くのよ」。雅子は昨日も見ていたのでそう言った。

「ブラジルはね、丸い地球の日本の反対側にあるのよ。今度、ひでおばさんの所に行って地球儀を見せてもらいましょうね」

笠戸丸は明治四十一年（一九〇八）四月二十八日、ブラジルへの移民者七八三人を乗せて神戸港を出航した。ブラジルに渡った日本人は炎天下、コーヒー豆栽培の低賃金労働者として働いた。後に日系ブラジル一世と言われた。

新しい須磨の家に暮らし始めたチャールズは、広い庭でたくさんの犬を飼った。犬たちと朝の散歩をしたいとかねてから夢みていた。ビーグル犬のレオのほかに、柴犬、ジャーマン・シェパード、コーギー、ダックスフント等、全部で七匹の犬がいた。

チャールズとひでが朝の散歩に出ると、犬たちも嬉しそうに駆け出してきた。

八重、三重たちも庭に出てきて、チャールズに朝の挨拶をする。ふみと雅子は犬たちを追っかけて走っていく。

チャールズもおはようと言って軽く会釈をした。「どうですか。新しい生活には慣れましたか」

「はい、お蔭さまで。ここは庭が広々として眺めもいいし、気持ちも伸びのびします。あの…実は昨夜、たみに赤ちゃんが産まれました。男の子です」

「それはビッグニュースですね。おめでとうございます。嬉しいね、ひでさん」

チャールズがひでのほうを向いた。

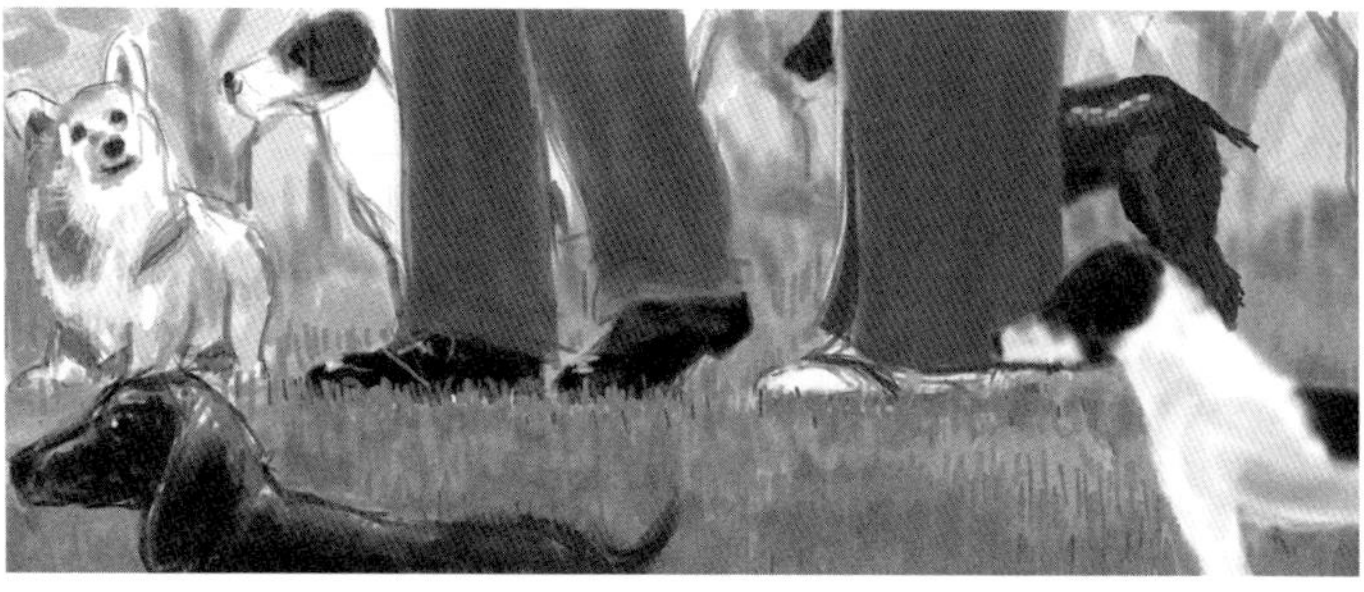

「えっ、たみの赤ちゃんが。よかったね。おめでとう」

「遅い時間だったから、朝まで待って報せるつもりだったのよ。二人とも元気だよ」

八重が言いそえた。

「あらっ、赤ちゃんの泣き声が聞こえる。目を覚ましたのよ。みんな、いらっしゃい。一緒に見にいきましょう」

ひでは、ふみと雅子の手をつないで山田の家へ向かった。チャールズは犬たちを連れて海岸まで散歩に行った。

しばらくして、ひでと三重が八重のいる日本間の縁側に帰ってきた。子供達はチャールズを追って海岸まで走って行った。

「ねえ、かあさん、大きい鯉のぼりをあげましょうよ。うちは女の子ばかりだったから、あげられなかったでしょう。このお庭なら鯉が泳ぐと映えるとおもうわ」

ひでが楽しそうに言った。

「ほんとうにね。きっといい眺めだよ。ひでさんのお蔭だね」八重も嬉しそうだった。

「そんなら急がなくっちゃー」ひでは庭の何処かで働いている男衆の太吉を探しに行った。

翌朝、ひでは目を覚まして、そっとカーテンを開けた。庭のどこからもよく見えるところに、高く黒と赤の鯉が吹き流しと共に泳いでいた。

「だんなさん、おはようございます。見てください。鯉のぼりが泳いでいますよ」

チャールズも窓のそばへやって来た。

「おお、これは見事だ。美しいね。ところで、ひでさん……」

チャールズは、新しい家にドイツ人の仲間を招待したいと思っていた。クラブ・コンコルディアの人たち、デラカンプ商会の社員やその家族、それに神戸に来たばかりのフーゴーの息子ヘルベルト。ひでも大賛成した。

「これからは庭には紫陽花も咲き始めるでしょう。皆さんがお喜びになるようなおもてなし

の準備にかかります。くにさんとも相談してみますが、中国人のコックに来てもらうのはどうでしょう」

「それがいいね。ワインに合う食事を考えてもらおう。ひでさんも出てくれますか」

「もちろん、でも私は英語では十分喋れません。ご挨拶だけはしますが、皆さまが気持ちよく楽しんでいただけるよう裏方で尽くします」


須磨の日本家屋の大広間では、ひでと八重、三重がお客様を迎える相談をしている。ひではお客さまに気持ちよく過ごしてもらいたいと思案している。

「この大広間と隣の座敷の間の襖をはずして、畳の上には花莚を敷いて…。大きいテーブルを五つ置いて椅子をならべたら、五十人は座れるのではないかしらね。ここでお食事をしていただくわ」

「外国の方に靴を脱いでとは言えませんから、花莚を敷くのは名案ね。この障子も外して、お天気がよければ、縁側のガラス戸もはずした方が広々するわ」三重もいろいろと提案した。八重も頷いて「そうね。その方が庭を見渡せるね。三重さん、床の間には立派なお花を生けてね」

「ええ、それに鎧兜の武者人形も飾って…。お花は菖蒲を生けましょうか」

料理の献立は、岡田が日本語にしてくれたものが紙に書かれていた。フランス料理だった。
ソップ　ア　ロゼイユウ（緑色のポタージュ）
ソース　ヲ　ウイトル（鱸の牡蠣ソース添え）
ヲシュ（雉のローストキャベツ蒸し煮そえ）
ソース　ピカン（仔牛の背肉黄金焼）
アリコ　ベル（サヤインゲン）
プダン　ドイプロマット（果実入りプリン）
「よくわからなくても美味しそうね。フランス料理のできる中国人のコックさんが来ることになっているのよ」
母親の八重も年長者らしく助言した。
「床の間には掛け軸をかけましょう、滝の画などもいいかもしれないね。ひでさん、お食事の時は、だんなさんと一緒にいる方がいいのでは」
「ええ、私もそうしようと思っているわ」
当日は、二日続いた雨のあと朝から青空の美しい晴天になった。須磨のチャールズの屋敷の前庭には、外国人の乗った人力車が次々に入ってくる。チャールズとひでが玄関のところで出迎えた。

「こんにちは、ようこそお越しくださいました」ひではエメラルドグリーンの地に孔雀を刺繍した艶やかな色留袖で、にこやかに挨拶する。招待客は大きな花束や、ワイン、シャンパン、ブランデー等を持参した。チョコレートを持って来た人もいる。チャールズも一人一人に挨拶する。

「ようこそ、フラウ&ヘア・エバース」

「チャールズ、ここはやはりいいね」

「どうぞご自由にご覧ください。庭も海岸も、我が家だけの使用となっています」

岡田が案内役を務め、二階に通じる階段を示した。二階に上がった人々の眼前には海がひろがり、悠然と浮かぶ船が見えた。

「これはいい眺めだ。大阪湾も紀伊半島もくっきり見える」シュミットが感嘆した。

「あの庭で泳いでいる魚はなんですか」ヘルベルトが訊ねた。

「山田さんのところに男の子が生まれました。五月は男の子の祭りで、あれは鯉のぼりと言って出世を願います」岡田が答えた。

新築の台所を見てきたベーア夫人が二階に上がって来て、夫に言った。

「広々としていい間取りですわね。ガスも電気も須磨で使えるようになったのね」

「これくらい広いと使用人の部屋も十分とれていいね」

「お食事の用意が出来たようです。どうぞお越しください」

日本家屋の庭に面した部屋に岡田が案内する。

中国人の給仕たちが立ち働き、招待客たちは食事を楽しみながら歓談している。ヘルベルトは神戸に来たばかりだったが、クラブ・コンコルディアで出会った同年代のオットー・レファートと気が合った。隣に座ったオットーに話しかけた。

「僕はデラカンプ商会の二階に暮らしているが、どうも窮屈で…。別のところへ移りたいと思っているんだけど、どこかいいところはないだろうか」

「そうだね。私は今、山手の洋館に一人で住んでる。よかったら一緒に住んでもいいですよ」

「ほんとに？　それはうれしいな」

「わたしの方はいつでもいいですよ。独身同士楽しく共同生活しましょう」レファートは穏やかで人柄もよかった。

皆の食事が終わり、デザートになった頃、

「皆様、気に入って頂けましたでしょうか。今日の料理は、上海のホテルでフランス料理を担当していたコックの周さんがつくりました。まだ神戸に来たばかりです」

チャールズが立ち上がってコックを呼んだ。周はにこにこしながら挨拶をした。

「美味しかったよ」皆から称賛の声があがった。

「お食事の後、記念撮影をしましょう」とチャールズが誘った。

客たちは縁側に行き、女性たちが優雅にスカートを広げて腰を下ろし、それを男性たちが囲んだ。「しばらくじっとしていてください」写真館から来たのは日本人だったが、英語で言った。

撮影が終わると、チャールズはドイツ語で、

「午後はご自由に庭の散歩などお楽しみください。テーブルと椅子も置いてありますから、お茶やお菓子をいつでもお持ちします」

皆思い思いに、散歩したり、鯉のぼりを見ようと近寄る人もいる。ヘルベルトとオットーは海岸へ向かった。海は穏やかで午後の光を受けて光り、船がゆっくりと行き交っている。

オットーが目を細めながら海辺まで近づいていく。

「これはいい。夏はここで泳げるね」

「そうだね。美しい眺めだ。広い庭にいくつもの立派な家…。神戸のデラカンプ商会はチャー

ルズの思うままだ。僕は平の社員のまま、どうにかしたいと思うよ」

父のフーゴーが始めた会社だという思いが、どこかにあった。ヘルベルトのそんな気持ちを、オットーは少なからず感じたが、気を取り直すかのように快活に言った。

「引っ越しが決まったら連絡してください。自宅にも電話をつけました」

「これは便利がいいね。ありがとう。よろしくお願いします」

電話番号の入った名刺を受け取りながら、ヘルベルトは嬉しかった。


元町山手のオットーの家に、ヘルベルトが移り住んで間もなく五か月が経つ。仕事の後、クラブ・コンコルディアに寄ったり、家でゆっくり音楽を聴いたり、二人で話をしたり、快適な生活だった。

「一緒に暮らすようになって、お蔭で楽しいよ。君は僕より二つ若いのに自分の会社を持とうとしている。しかも書籍や美術品など、教育レベルの高いものを扱おうとしている」

ヘルベルトは羨ましそうに言った。

「これからは医学書を主に輸入しようと思っている。日本の医学生はドイツ医学を勉強しているから需要は大きいとみているんだ」

若いオットーは目を輝かせて言った。

「僕もそのうち自分の会社を立ち上げたいと思っている。ハンブルクの父に相談するつもりだ」
オットーとヘルベルトの住む家には、掃除・洗濯など身の回りの世話をしてくれる通いの日本人がいたが、夕方には帰って行く。食事はホテルのレストランに行くこともあるが、家で二人で作ることもあった。
食事の後、音楽を聴きながら、色々な話をした。異国で過ごすことに、淋しさよりはむしろ、珍しいものや考え方の違いなどを貪欲に自分たちの中に取り込んでいた。
「もうすぐクリスマスだけど、ここで独身者ばかり集まってパーティーをしないか」ヘルベルトが思いついたように言った。

「それはいいね。早速招待カードをつくろうよ。ドイツ人だけなく、親しい人たちみんなに出そう」居留地には独身の若い女性はいないから男ばかりになるけど、と言いながらオットーも賛成した。

「そうしよう。独身者は身軽だよ。しかし結婚相手が見つからないというのはちょっとものたりないけどね」


クリスマスイブの夜、オットーとヘルベルトはクリスマスツリーに飾り付けをすませて、招待客を待っていた。次々に若い男性が入って来て、二人が出迎える。

エドワード・ノーマン（イギリス）、アシュレ・フレミング（アメリカ）、リー・フランケル（イギリス）、アラン・マッテル（フランス）、ハインツ・ベア（ドイツ）。居留地の独身者たちだ。

「メリークリスマス、お招きありがとう」エドワードが言うと、皆も口々に「メリークリスマス」と手を差し出す。

「ようこそお待ちしていました」

「メリークリスマス、今夜は楽しくすごそうよ」オットーとヘルベルトも握手する。

「これはわれわれからのプレゼントです」

普段は年長者の前で葉巻を吸うのは気がひけるが「今日はかまわないでしょう」とリー・フランケルがキューバの葉巻「ホアン・ロペス」と「エル・レイ・デルムンド」を手渡した。

アランはフランスの上等のコニャック、ハインツはきれいな包み紙にリボンのかかった箱をテーブルに置いた。「僕はベルギーチョコレートだよ」

「ありがとう。楽しい集まりになりそうだ」オットーが礼を言った。

ヘルベルトは皆を食堂に案内しながら、

「われわれは居留地の外国人、国が違っても助け合っていかなくてはね」

料理はコックが作ってボーイが給仕した。ワインはドイツワインでもてなした。

若者の旺盛な食欲にディナーは気持ちよく進んだ。食事が終わり、みんなが隣の部屋のソファに落ち着いたところで、オットーが葉巻の箱を開けた。

「エル・レイはサイズがたくさんあるんですね」

「そう、伝統的なハバナシガーです。ホアン・ロペスはサイズは少ないが上品な味わいのキューバシガーだそうです」とフランケルが言い、持って来たVカッターとギロチン・カッターの付いたナイフを順番に回した。

それぞれ葉巻を持ち、カッターで先端を切り、マッチで火を点けた。

「食事の後の葉巻は格別美味しいね。コニャックを飲みながら、ゆっくり味わうのが最高だね」ハインツは満足そうに薄く煙を吐いた。

「日本の政治家、伊藤公も葉巻のファンでいつも身近に置いていたようですね。若輩のわれわれも今日は葉巻を存分に楽しめます」

そう言いながら、リーは灰皿に葉巻を置いて、チョコレートを口に入れた。皆が思い思いに葉巻とコニャック、チョコレートを楽しんだ。

「居留地の生活も三年を過ぎて慣れて来ると、若い女性がいなくて淋しいね」ハインツがお酒のせいか少し赤くなって、結婚相手がいないことを嘆いた。

「独身女性は教会の宣教師かミッション・スクールの先生ばかり。彼女たちは結婚など考えていないでしょうね」コニャックの香りと葉巻の煙が薄く漂う中、アランも同意した。

「アメリカの女性が一番多いようですが、彼女達は布教と日本の女子教育に夢中ですよ」

この時、エドワードが少し顔を赤らめながら言った。

「ちょうど話題が出たので、打ち明けます。実は私、日本女性との結婚を考えているんです」

「それはおめでとうございます。どんな方ですか。差し支えなければ教えてください。日本でお仕事を続けるのであればそれもいいですね」穏やかな人柄のオットーも聞きたい様子だった。

「九鬼男爵のところで働いている方の娘さんです。神戸女学院で英語を勉強して、今は電話の交換手として働いています」

エドワードがそう言い終わらないうちに、アシュレが訊ねた。「どこで知り合われたのですか」そこに居合わす他の独身男性も興味津々であった。エドワードは正直に答えた。

「九鬼家で英語を喋る会があって、その指導を頼まれたのです。須磨の別荘で毎週土曜日に会があり、その中に彼女がいました」

「イギリスのご家族には認めていただけそうですか」ヘルベルトも聞きたいことだった。

「ええ、大丈夫のようです。ただ母の助言なのですが、ロンドン郊外の両親の家で一年間過ごして、英語と英国のマナーを身に着けてもらいたいと言っています」エドワードは皆の質問に丁寧に答えていく。

「それはいい考えですね。結婚生活は長いですからね。それで彼女やご両親はなんと言われました」同じ英国人のリーが訊ねた。

「彼女の父親はロンドンに行ったことがあるので賛成してくれました。本人も行ってみたいとそれを望んでいます」エドワードは嬉しそうに言った。

「素敵な女性と出会われてよかったですね。ロンドンにはいつ行かれますか」オットーはその出会いを羨ましく思った。

来年三月にハンブルクに向かう船があり、エドワードも一緒に行くという。彼女もクリスチャンなので、ロンドンで近親者だけの結婚式をして、自分はすぐ日本に帰るという。

「喜久子という名前です。一年後には彼女も日本に帰ってきますのでよろしくお願いします」

「わたしたちもお会いするのを楽しみにしています」と言いながら、さらに質問は続いた。

「ではミセス・ノーマンは英国籍になられるのですね」

「そうです。日本でも英国人としての生活になります」エドワードはきっぱりとした口調で言った。それを聞いたヘルベルトは、「デラカンプ商会のチャールズも日本女性と暮らしていますが、彼女の姉妹たちの家族も一緒に日本人の中で暮らしています。対照的ですね」と言った。

「エドワードの彼女のように、英語を話してヨーロッパの社会に入れる女性はまだまだ日本では珍しいですよ」と言うハインツの言葉に他の皆も頷いた。

しばらくしてヘルベルトがエドワードに話しかけた。

「私もハンブルクに帰って来ようと思っているのですが、その船でご一緒してもいいですか。あまりお邪魔はしないけど。船旅は長いので友達がいると楽しくなる」

「もちろんです。是非ご一緒してください」

ヘルベルトは、かねてから考えていたハンブルクへの一時帰国を実行することにした。

第五章　二つのデラカンプ商会

明治四十五年（一九一二）七月、明治天皇が亡くなった。夏目漱石はその作品『こころ』の中で主人公に言わせている。

「夏の暑い盛りに明治天皇が崩御になりました。私は明治の精神が天皇に始まって天皇に終わったような気がしました」

日本人にとっては一つの時代が終わったという思いがあったのである。その年は日本社会では遊興的なことはすべて取りやめ、ひっそりと静かであった。ちょうどその頃、ヘルベルト・デラカンプがハンブルクから神戸に帰ってきた。彼は協同経営者となるコンラート・ピパーを伴って百二十一番のデラカンプ商会を訪ねた。

「チャールズ、ただいま。こちらはコンラート・ピパー氏です」

ヘルベルトは商会で働いているリーフ、ラートイエン、コプフにも一人ずつ紹介した。

「ようこそ神戸に。長い船旅お疲れ様でした。あなたのことはフーゴー氏からお手紙をいただいています」。チャールズはにこやかにピパーと握手した。

ヘルベルトとピパーは、デラカンプ商会とは別に商会を立ち上げる予定だった。

「私は学生の時パリ万博に行き日本館を見ました。それ以来日本に是非行きたいと思い続けていました。それに今の皇帝ウィルヘルム二世は海外進出を奨励しています。このチャンスに念願が叶いました。神戸に腰をすえて仕事をするつもりです。よろしくお願いします」

ピパーは、秋には夫人も神戸に呼ぶ予定だという。

「それはよろしいですね。奥様にお会いするのを楽しみにしています。日本の夏は我々には耐え難い暑さですが、春や秋は気持ちのよい国ですよ」チャールズは歓迎した。

「チャールズ、申し上げ難いのですが、ラートイエン氏に私たちを手伝っていただけるようにお願いしているのですが」ヘルベルトが申し訳なさそうに言った。

「そのことも手紙で承知していますよ。これは新しいデラカンプ・ピパー商会へお祝いをかねて、資金の一部にしてください。これもフーゴー氏と相談しました。成功をお祈りします」

チャールズは引き出しから封筒を取り出しヘルベルトに渡した。

ヘルベルト・デラカンプとコンラート・ピパーは一九一二年（大正元）十月、居留地京町七十番に新しくデラカンプ・ピパー商会を始めた。主に医薬品を扱った。日本の医学はドイツ医学を基盤にしているので、有望とみられていた。

神戸外国人居留地の区画図

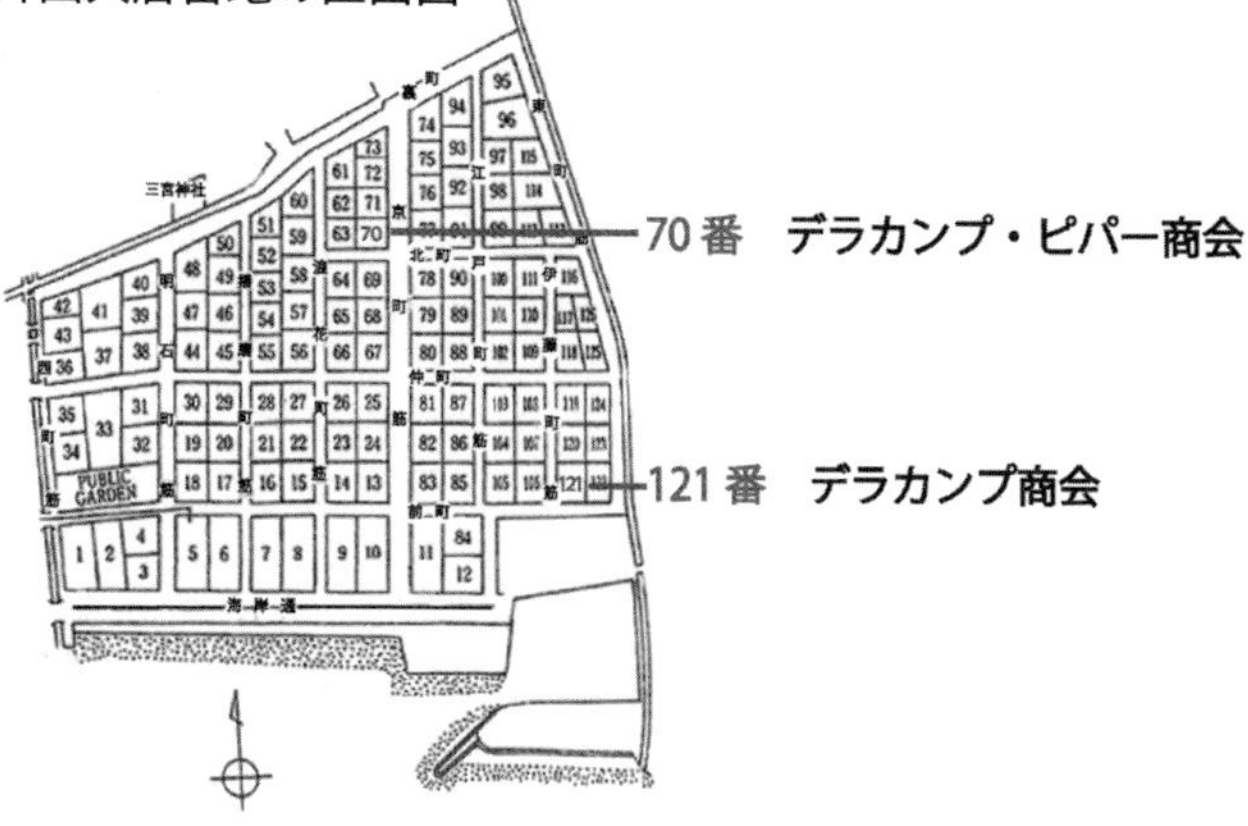

事務所開きのパーティーには大勢の人が集まった。クリスマス会に集まった友人たち、来日したばかりのピパー夫人もいた。

ヘルベルトと一緒に住むオットー・レファートも来ていて「やあーヘルベルト、おめでとう。ピパー氏、ピパー夫人、おめでとうございます。よろしくお願いします」

「ヘルベルト、わたしも紹介してください。友人のエドワードです。わたしの家内は日本人ですが、今ロンドンの母の所にいて半年後には神戸に帰ってきます。仲良くしてやってください」

「まあ、嬉しい。私こそお帰りになるのが待ち遠しいです。日本は初めてで教えていただきたいことばかりです」ピパー夫人は喜びの声をあげた。

そこへマイエル商会のハイトマンがやって来て「ヘルベルト、ピパー氏、おめでとう。羨ましいですよ。皆、独立して自分の商会を持つのが夢ですよ」

中国人の給仕がワインやオードブルを盆に載せてサービスにまわった。

春になり暖かくはなったが、夜はまだ冷える。暖炉に火を入れて、チャールズとひでが洋間にくつろいでいた。たみがふみを、三重が雅子を伴って入って来た。

「今日は雅子とふみの女学校の入学式でした。着物に袴の制服姿を見てやってください」たみは嬉しそうに挨拶した。

「だんなさんから沢山のお祝いをいただきました。ありがとうございます。ふみ、雅子、だんなさんにお礼もうしあげるのよ」

ふみと雅子は着物にえび茶色の袴、髪を束髪にしてリボンを結んだ女学生姿だった。

「チャールズ、ありがとうございます。今日から女学生になりました」

チャールズ・ランゲ・デラカンプのことを、たみや三重は「だんなさん」と呼んでいるが、チャールズとひでの意向もあり、子供達はチャールズと呼ぶことになっていた。

ふみと雅子はチャールズの前に進み出て、ていねいに挨拶をした。

「ふみ、雅子、もっとこちらに来て見せてちょうだい。素敵な女学生ね、よく似合っているわ。走ったり、跳んだりできそうだね」ひでは着物や袴に触りながら言った。

「うちは兵庫県立神戸高等女学校に行くの。でも雅子ちゃんは神戸女学院なんよ」

ふみは別々の学校であるのが不満そうだった。

「キリスト教の学校なんです。うちは英語の勉強がしたいん。チャールズと英語で話してみたいのです」雅子はチャールズとひでを見ながら言った。

「別々の学校に行くのもいいじゃないの。お互いに知らないことを教えてあげられるでしょ」ひではふみをなだめた。

「うちはあんまりお勉強は好きじゃないけど着物を縫ったり、お料理は好き。それに三年生になったら、機械のミシンで縫う方法も教わるのよ。楽しみだわ」

「それはいいわね。ふみはいい奥さんになれるでしょ。雅子はうんとお勉強したら、チャールズから外国のお話をいっぱい聞けるよ」

ひでの言葉にふみは機嫌がよくなり、続けた。

「今日、校長先生がね、みなさんは大正になって初めて入学した女学生です。これからの日本のお役に立つ人になって下さいと言われたの」

「二人とも大きくなったね。大人になるのが楽しみだ。雅子は私をお父さんと思っていいのだよ」

皆の話を聞いていたチャールズは、父親が戦死した雅子を気遣うことも忘れなかった。そして次の休みに二人を新しく買った車に乗せてあげると約束した。

「チャールズ、ありがとうございます。一生懸命お勉強して、英語でお話できるように頑張ります。それからお願いがあります。ピアノを習いたい人は申込書を出しなさいと言われたのですが、いいでしょうか」

雅子も新しい生活に目をキラキラさせていた。ひでは賛成して、

「もちろんいいですよ。ピアノも喜ぶでしょう、今までは遊んでいただけですもの。しっかりお稽古して上手に弾いてあげてね。明日からは女学生なんだから、遅刻しないように早くお休みなさい」

皆が帰ったあとの、静かになった暖炉の前で、ひでがしみじみと言う。

「月日が経つのは早いですね。結婚してからもうすぐ二十五年になります。ふみや雅子が女学生になったんですもの」

「結婚二十五年は銀婚式と言って特別めでたいよ。お祝いをしよう。なにか欲しいものがあったら買っていいよ」

「いいえ、今以上の幸せを求めたら罰があたりそう。念願だった母のお墓を須磨寺の墓地に建てることもできましたし。姪のふみや雅子にも十分なことをしてもろうて感謝しています」

ひではチャールズを見つめながら言った。チャールズはひでの手を握って

「ヘルベルトがハンブルクから来たピパー氏と一緒にデラカンプ・ピパー商会を作った」

「まあ、同じような名前ではお仕事にさわりませんか」

「今、日本は近代化を急いでいる。どの商会も景気がいいから大丈夫だよ。それにこれでデラカンプ商会はすっかりわたしの会社になったと言える」

チャールズの声は落ち着いて、自信に満ちていた。


デラカンプ邸の玄関前に車が止まっている。

ふみと雅子は、えび茶色の袴姿に着物は通学用とは別の美しい縮緬地。ふみは空色に可愛い手毬と蝶々結びの飾紐の模様。雅子はグレーがかった薄紫に白い小花がちりばめてある。二人

にとっては入学後初めての日曜日、車での遠出にうきうきしていた。

「ねえ、雅子ちゃん、車に乗るのは初めてよね」

ふみは雅子と手をつないで車に近づいた。雅子も嬉しそうだ。

「ほんとうに乗れるんだね」

母親のたみと三重が、お弁当の重箱と敷物用に花ござを抱えてやって来た。

「今日は特別なんだよ。二人の入学祝いだからね」

「お天気がようてよかったね。はい、お弁当とお茶よ」

一番上のお重にはコックのくにがチャールズのためにサンドイッチを入れている。テルモス（ドイツ製の魔法瓶）には紅茶が入っていて、暖かいまま飲めるようになっていた。

チャールズとひでが玄関から出てきた。

「ふみ、雅子、おはよう。さあ出かけよう」

ひではモスグリーンの地に藤の花を散らした付下げを上品に着こなしている。

「おはよう。おまちどうさん」

ふみと雅子は後ろの席に、ひではチャールズの隣に座った。門の外には男の子たちが数人、羨ましそうに車を見ていた。

「ふみちゃんも雅子ちゃんも車に乗っとるよ」一人の子が言った。

「ええなー、ええなー、車に乗ってみたいなー」別の子が羨ましそうに言う。

男の子たちが「チャールズ・ランゲ・デラカンプ、チャールズ・ランゲ・デラカンプ」とはやし始めた。いつものふみと雅子だったら言い返すところだが、わたしらは女学生、小学生は相手にしないと無視した。

車は国道を西へと走った。左に海が広がり、その向こうには淡路島が見えていた。毎日の通学では電車に乗って東方向へ行くふみと雅子にとって、その風景は目新しかった。塩屋を過ぎて垂水、舞子まで来るとまた松林が続いた。明石に入ると国道からは海が見えなくなり、やがて田園風景へと変わった。菜の花や蓮華草の花が咲き、ところどころに藁葺の農家があり、美しい風景が続いた。雅子はふみの方へ身を寄せて話しかけた。

「ふみちゃん、菜の花と蓮華の花がきれいね。まだ桜の花も咲いていているよ。おとぎの国を通っているみたいね」

「ほんと、空は青いし山の緑もきれい、今日はいい日ねえ」

興奮してふみの声もはずんでいる。チャールズも景色を楽しむようにスピードを落として運転していた。

しばらく続いた田園風景が終わるころ、車は加古川の町にはいった。宿場町のあまり広くない道の両側に家が立ち並ぶ。その道をゆっくりと進み、やがて大きい川にかかる橋を渡った。川に沿ってしばらく行くと松林の続く出島が見えた。車は道なりに海辺を走る。

「チャールズ、鳥居が見えるよ」雅子が言うと、ひでも

「あれが有名な高砂神社ね。だんなさん、わたし一度お参りしたいと思うていたの」

「そうだね。ここで休憩しようかね」

「それがええです。神社には夫婦円満の神様がおいでで、〝共白髪、お前百まで、わしゃ九十九まで〟と願います」

「それはいい、私たちもそうお願いしよう」チャールズはそう言って車を止めた。

神社に来ていた人達が、珍しさに車に近づいて来た。

「これが馬車に代わるというものかのう」見物人の一人が言った。

「外人さんだ。三人も日本美人を連れとる」見物人たちは少し離れて車を取り巻いた。

チャールズたちが車から降りて、本殿のほうへと歩き出したところに、神社の宮司がやって

来た。鳥居門のあたりに人だかりができているのに気が付いて、何事かと思って本殿から出てきたのだ。ひでが宮司に声をかけた。

「宮司さま、こんにちは。こちらはドイツ人のチャールズ・ランゲ・デラカンプです。神戸の外国人居留地でデラカンプ商会を営んでいます。私たちは結婚して二十五年になりますが、これからも仲良くできますようにご祈祷をお願いしたいのですが」

宮司はうなずいてチャールズに手を差し出した。

「ようこそ高砂神社にお参りいただきました。ではこちらのご神殿にお入りください」

「これは姪のふみと雅子です。一緒に神殿に行ってもよろしいでしょうか」ひでが訊ねた。

「どうぞご一緒にお入りください」

宮司にうながされて神殿に上がった。白木の椅子の前列にチャールズとひでが、後ろの席にふみと雅子が座った。

神主である宮司がお祓いをして祝詞を謳った。ふみも雅子も真剣な表情で聞いていたが言葉はほとんどわからなかった。ただ「チャールズ・ランゲ・デラカンプと妻のひでが共白髪まで幸せに夫婦を全うできますように」と言われていることだけはわかった。

ご祈祷のあと社務所で祈祷料を奉納して、夫婦円満の御札を頂いていたところに、宮司が再び近づいて来て尋ねた。

「つかぬことをお聞きしますが、これからどうなさいますか」

「お弁当を持参しておりますので、どこか眺めのよいところでと思うています」

ひでがにこやかに答ると、

「よろしければわたしどもの座敷をお使いになりませんか。あの人だかりでは落ち着いて召し上がれませんでしょう。お車は境内に入れなはって、氏子たちにゆっくり見せてやっていただけませんでしょうか。自動車はここいらではまだ珍しいですから」

傷つけたりしないように禰宜たちが注意して見ているからと言い添えて、宮司は氏子たちの気持ちを汲んで言った。ひでもその提案を喜んだ。

「だんなさん、そうお願いしましょうか。ありがたいことでございます」

チャールズも賛成し、宮司を乗せて車を境内に入

れた。氏子たちもぞろぞろと車のあとについて来た。

四人は禰宜に案内され、日本庭園に面した立派な部屋へ通された。

チャールズは若いころ京都の八坂神社に何度も通ったが、神社での儀式は珍しい経験であった。ふみも雅子も初めてのことばかりで嬉しく、得難い経験を喜んだ。


夜のクラブ・コンコルディアには、いつものようにドイツ人達が集まって談笑していた。そこへ、ヘルベルト・デラカンプとコンラート・ピパーが入ってきて皆に挨拶した。

「やあ、こんばんは、ピパーさん。ピパー・ジュニア（お子さん）はお元気ですか。可愛いでしょう」ハイトマンがにこやかに言った。

「もうすぐ三歳になります。日本生まれだからか、神戸の気候に合っているようで病気一つしません」

「それは何よりですね。ところでデラカンプ商会とデラカンプ・ピパー商会は混乱なく両立しているようですね」

これにはヘルベルトが答えた。

「心配していましたが両方とも順調です。医薬品などは両方が輸入していますが、それでも足りないくらいです。それにデラカンプ家が元から扱っている輸入織物もあります」

そこへオルトマンが新聞を片手に近づいて来た。

「シーメンス社の贈賄事件は、ついに山本内閣が倒れるまでになりましたね」

そのころ日本は桂内閣に代わって海軍大将山本権兵衛が首相となり、海軍の大拡張計画をふくむ予算を組もうとした。しかし議会開催中の大正三年（一九一四）一月、日本海軍の高官の一部がドイツのシーメンス・シュッケルト社（電信機器メーカー）やイギリスのヴィッカース社から賄賂をうけていることが暴露され、山本内閣は辞職に追い込まれたのである。

これは、賄賂の証拠となる書類をシーメンス社員カール・リヒテルが会社から盗んだことにより発覚し、これが事件の発端となった。シーメンス本社はリヒテルを文書の窃盗犯人として訴え、ドイツの裁判所はリヒテルに懲役二年、公民権停止五年の判決を言い渡した。

コンラート・ピパーも新聞を見てオルトマンに返しながら言った。

「リヒテルはシーメンス極東支社のタイピストだったんですよ。文書を持ち出し易かったわけだ。しかし贈賄で額が大きいのはイギリスの造船会社ヴィッカース社でしょう。最新鋭の巡洋戦艦の建造に四十万円も贈ったとはびっくりしますよ」

「シーメンス社の極東支社長のヘルマン氏は神戸が気に入られて、本山村の住吉河畔に立派な邸宅があると聞いていますが、しばらくは東京を離れるわけにはいかないでしょう」というハイトマンに、オルトマンが答えて言った。

「いや、ヘルマン氏はすでに神戸に居られるようですよ。極東支配人の地位ではなく、シーメンス社の一介の電気技師になられたと聞きました」

「私は先日、上野公園の東京大正博覧会に行ってきました。その時こんなものを売っていました。逮捕された海軍士官の人形です」

そう言ってハイトマンは人形を皆に見せた。海軍士官の制服を着た人形がお縄にかかり、口には大きな金貨をくわえていた。その金貨には口銭と書かれていた。

オルトマンが人形を手にとって「これは面白い。日本も民衆が力を持ってきましたかね。政府の政策に反対して方々で暴動が起きている」

「この事件でも、日比谷の国民大会に集まった数万の人々が議事堂を取り巻き、警官隊と衝突したようですよ」

ハイトマンは東京で起きたことに詳しかった。

静かな日曜の午後、生垣や庭がきれいに整えられたチャールズの屋敷から、ピアノの曲が流れてきた。日本家屋の広い座敷にピアノが置かれ、雅子がモーツァルトのソナタ三百三十一番を弾いている。座敷には敷物が敷かれ、マクレガーから引き継いだイギリス製の椅子と円テーブルが置かれている。座って聴いていたひでとチャールズは、曲が終わると拍手して、

「雅子、上手になったね。これを今度の女学院の音楽会で弾くのね」

チャールズも、

「モーツァルトのトルコ行進曲は軽快でなかなかよかったよ」

「聴いていただきありがとうございます。上級生にはもっと難しい曲を上手に弾く人がいはります。音楽会に来てくださいますか」

雅子は少し頰を赤くして言った。

「もちろん行きますよ。だんなさんも行ってやってくださいませ」と言うひでにチャールズも頷いた。

三重が紅茶とクッキーの乗ったお盆を持って来た。

「雅子のピアノは上達したでしょうか。女学院の面談では英語の発音がいいと褒めていただきました。時々だんなさんにみていただいているお蔭です」

「雅子はもの覚えがいいよ。雅子、英語はいつでもみてあげるからね」そう言って部屋を出るチャールズの後を追いながら、ひでも、

「これからの女子は沢山勉強できて羨ましい。雅子、応援していますよ」

雅子は再びピアノに向かい弾き続けた。

第六章　戦争の影

一九一四年六月二十八日、ボスニア州の首都サラエボで、陸軍大演習のために来訪したオーストリア皇太子夫妻が暗殺された。オーストリアは、暗殺事件がセルビアを中心とする汎スラブ主義者によっておこされたとして、七月二十八日、セルビアに宣戦布告した。このサラエボ事件が、のちの第一次世界大戦の引き金となったのである。

クラブ・コンコルディアでは、神戸のドイツ人の全会員が大広間に集まっていた。

会長のウイルケンズがやや声を落として切りだした。

「緊急に皆様にお集まりいただきました。既にご存じと思いますが、母国ドイツはオーストリアに味方してロシア、フランス、イギリスを相手に戦争になります。お若い方々には召集令状が領事館から届いているでしょう。言うまでもないことですが母国のためにご協力ください。今日ここに領事も副領事も来られています」

領事のオールドが挨拶をし、召集令状が来た若いドイツ人二十数名と隣室へ移って行った。

クラブ・コンコルディアのベーア副会長が説明を始めた。

「日本からの召集兵はドイツ領の青島へ行きます。ドイツはヨーロッパでの戦いに手一杯なので、青島の防衛はアジアからの召集兵と志願兵を多くしたいと要請があったようです。そこで戦争に行かない者は、背後から援助しなければなりません。出来るだけ多くの援助資金を集めたいと思います。よろしくお願いします」

ヘルベルトが進み出て、

「早速ですがこの紙にお名前と協力金額をご署名いただきますようお願いします。まあ横浜に負けない額をと思っています」

「もちろんです。喜んで協力しましょう」

チャールズは紙を受け取り、サインした。そこにいた人々は皆、順にサインを終えて別室に移って談話を始めた。

「オーストリアの皇太子夫妻殺害とは過激なことだね。戦争をしないわけにはいかないですよね」

ラートイエンが隣のコプフに話しかけた。

「しかし、ロシア、フランス、イギリス相手では大国ばかりだから大変なことになると思うよ」

コプフが言うと周囲の人も頷いた。

領事がオットー・レファートを探して部屋に入って来た。レファートが立ち上がると握手を求めながら、

「レファートさん、お願いがあります。あなたは三十を超えておられるので、兵役義務はありませんが、日本語が達者ですので通訳として働いていただけませんか。大変重要な任務となります」

「喜んでお引き受けします。お役に立てるのは嬉しいことです」レファートは領事の手を強く握り返して決意を示した。

大正三年（一九一四）八月のある朝、須磨の屋敷の居間で、朝食を終えたチャールズが英字新聞を読んでいた。そばで日本の新聞を読んでいたひでが突然顔を上げた。

「だんなさん、大変です。『いよいよ日本がドイツに宣戦を布告か。日英同盟のためイギリスが日本に助力を求めた』と書いてあります」

「予想はしていたが大変なことになる。私は急いで居留地へ行く。領事館に行って様子を聞いてみるよ」

身支度をはじめたチャールズを手伝いながら、ひでがよねを呼んだ。

「だんなさんがお出かけです。車を玄関に回すように言ってください」


いつもの年であれば、暑い夏は仕事も少なく、夏の休暇に入っている時期であるが、ドイツ本国で戦争が始まったので、休暇を取る人は少なかった。


雨が降り始めた。領事館の玄関前には大勢のドイツ人が雨に濡れながら集まっている。きちんとした夏服姿の領事が副領事と並んで皆に呼びかけた。

「日本と敵対国になれば領事館は閉鎖となり、皆さまから出された書類の審査もすべて停止になります。大使館からの命令があれば私共は引き揚げることになっています」

副領事も急を要する口調で付け加えた。

「ドイツ銀行からは出来るだけ早く現金を出されるようにお手続きください。国交断絶も間近いようです」

「国交断絶になれば我々居留地で仕事をしている者はどうなりますか」ヘルベルトが訊ねると、副領事は沈んだ声で答えた。

「ドイツからの船便は停止です」

それを聞くと集まっていたドイツ人達は、雨の中を濡れながら、急ぎ足で領事館を離れて行った。

八月二十三日、日本はドイツに宣戦を布告した。

ドイツ系社交場のクラブ・コンコルディアには、大勢のドイツ人が心配そうに集まっていた。

「ドイツからの船便が来なくなったら、一番困るのは日本ではないですかね」誰かが言うと、

「そうですよ。輸入に関してはフランス一割、イギリス一割強、ドイツ六割です」ヘルベルトが答えた。

「特に精密機器、化学薬品、医療機器、医学書などは、ドイツからの輸入が殆どですよ」

ラートイエンが言うと、ベーアも
「ドイツ商館で働いている日本人も大勢います。その者たちも仕事を失うことになりますよ」

そこへ三人の日本人が入って来たので、人々はそちらを注目した。日本の役人らしい二人とあと一名は通訳のようだった。

「皆様ご静粛に願います。八月二十三日正午、日独両国は国交断絶し交戦状態に入りたることを通告します。これにより居留地のドイツ商館は日本国のものになります。すみやかに明け渡してください。追って通達が届くことになっています」

通訳がドイツ語で伝えた。

「なおこのクラブ・コンコルディアに関しましては、このまましばらく皆様の集会所としてお使いください。ただし日本政府が監視します」

一同は言葉もなく押し黙ったままだ。

「どうぞ通達をお守りください」そう伝えると、日本人たちは帰っていった。

「北野にお住まいのトーマス氏はお嬢さんの大学受験のために一家でドイツに帰られています。戦争が始まったらどうなさるのでしょう」オルトマンが言った。

戦争が起きるとは知らずに、一人娘の教育のためドイツに帰る船に乗っていたトーマスの家族は、結局日本に帰ってくることはなかった（トーマス邸は「風見鶏の館」として知られている）。

「ほんとうに皆大変です。しかしクラブ・コンコルディアが使えるのはよかった。お互いに知恵を出し合うこともできますから」

というベーア会長に、オルトマンが苦しそうに言う。

「もう絶望的です。日本にいても仕事が出来ない」

「しかし、ドイツに帰ってもフランス・ロシア・イギリスと戦争しています」

ヘルベルトが「それも大変だ」と言った。

須磨の屋敷の居間では、チャールズが疲れた様子でぼんやりと庭を眺めていた。ひでがお茶を運んで来て、隣に座った。

「仕事ができないことになってしまった。日本人社員たちも解雇しなければならない。当分やっていけるだけのものは渡そうと思っているがね」

チャールズの声が沈んでいる。

「だんなさん、今朝の新聞にデラカンプ商会のことが書かれています。聞いてください、褒めてありますよ」ひでは明るい声で言い、記事を読み上げた。

〈今や、日独の国交破たんに瀕し四方八方からドイツを悪評する折柄、在留ドイツ人の功績を叙するも亦風変りにして面白からん。叙するに価値あるべしと信ず其の一人は神戸元居留地百二十一番デラカンプ商会の館主にして氏は実に日本花筵業の恩人と称するも敢えて溢美にあらず。次は百番のウインクレル商会のウインクレル氏、貝釦の製造を案出、小野濱に工場を設け貝釦独逸輸出の端緒を開きたり。第三はデラランデ氏、建築家として令聞あり。当地にてはオリエンタルホテルその他の設計をなし、また京城総督府の建築も氏の図案に成りたるものに

て、頃日東京の自邸にて卒去するや寺内総督はとくに鄭重の弔辞と花輪とを送りたり〉

「ドイツ人が悪く言われている時、褒めてもらうのは嬉しいけど、商売ができなくなるのは変わらないよ」

「収入がなくて出費ばかりになるんですか」

「まあ、当分は心配しなくても大丈夫だよ」

案ずるひでに、チャールズはわざと明るい声で答えた。

「だんなさん、この屋敷、こんなに広い土地は必要ありません。建物のないお庭だけでもたんとおす。それを売ったらどうどす」

日本国籍の「生悦住ひで」名義の土地はそのまま残っていた。

「そうだね。ひでさんの名義にしていてよかったよ。いずれそうすることになるだろう」

クラブ・コンコルディアに、ドイツ人が数十名あるいはもっと多くいるだろうか。

会長のベーアが「皆さまどうぞご注目ください。ご紹介します。今日からこちらのクラブに常駐なさる佐藤さんです」

「皆様こんにちは、佐藤と申します。私は三年間ドイツに滞在し、ハイデルベルク大学でゲーテの研究をしていました。どうぞ、私が聴いて困るような話はしないでください。よろしくお願いします」

「こちらこそ、お手柔らかにお願いします」オルトマンが皆を代表するように言った。

佐藤は本を持って部屋の目立たないところへ座った。

人々はまた三々五々集まった。

「私は十番のアーレンス商会を引き継いで会社を始めたばかりでしたが、商会を没収されたのでは、もう絶望的です。辞めてドイツに引き上げるしかないです」

自嘲気味に言うモーズレに、ヘルベルトが提案した。

「戦争が終わるまで身を潜めて待つというのはどうですか。私はこの機会に日本中を方々行ってみようかと思っています」

「十分余力をお持ちの方はいいが、私のように会社を持ったばかりでは余力がないのです。しかし、日本を旅行するといってもドイツ人とわかれば中々難しいでしょうよ」

「私はニューヨーク生まれなのでアメリカ国籍を使います。今は暑い季節だから、日本人の崇拝する富士山に登ってみようかと思っています。六甲山の家から居留地まで、毎日徒歩で通った足には自信がありますから」

ヘルベルトの計画に、同僚のコンラートは、

「こんな時、独り者は身軽でいいですね。息子の教育を考えるとドイツ学院は残ってもらいたいです」

「ドイツ人の子供達の将来はドイツ学院にかかっています。それだけは守り抜きます」

息子のアルフレッドとフーゴーもドイツ学院に行っているというベーア会長が、強い口調で言いきった。

神戸ドイツ学院は一九〇九年、横浜にあったドイツ学院をモデルにして開校した。神戸在住のドイツ人の願望であった。

日露戦争後、日本の経済発展によりドイツ居留民も飛躍的に増えていた。このころにドイツ人若夫婦が大勢神戸にもやって来たので、以前のように独身男性ばかりではなくなっていた。子供達も多くなり、神戸ドイツ学院で教育を受けていた。

ドイツ学院は本国外務省ではギムナジュウム（大学準備教育を目的とする中等教育）として

取り扱われている。卒業後は子供達をドイツに帰国させ、ドイツの大学に入れる親が多かった。学院の財政基盤はドイツ外務省が二十%を持ち、後はクラブ・コンコルディアとその会員達によって支えられ、授業料はそのほんの一部をカバーするのみであった。

第一次世界大戦の勃発により、ドイツ学院もまた厳しい状況に陥ったことは言うまでもなかった。国からの助成金は途絶えたうえに、生徒達は何年も日本から動けずにいたので、クラス数は増え、教師も増やさねばならなかった。この難関を乗り越えるには大変な努力が必要だった。

ヘルベルトは仕事の出来ないこの時期に、かねてから計画していた富士登山を実行した。もちろんドイツ人の旅行は禁止されていたので、アメリカ国籍を持つアメリカ人としてであった。富士山の裾野にある宿に着いたヘルベルトは、白い装束の一行と出会った。部屋に通され障子を開けると、青い空に富士の巨大な姿が鮮明に、頂上まで見えた。

宿の主人が挨拶にやって来た。

「富士のお山に登られるのでしたら、強力《ごうりき》を一人お連れになるのがいいでしょう。食料と、夜は冷えるので体を覆う衣料が必要です。あの白い装束の巡礼のあとを行かれるのが安全です」

「ありがとうございます」ヘルベルトは助言に従うことにした。

翌朝、ヘルベルトはリュックを背負い、宿の主人が手配してくれた強力と共に宿を出発した。

険しい道を、巡礼達の後を追いながら苦労して登って行った。巡礼の持つ杖の先には鈴が付いていて、鈴の音と「六根清浄」と唱える声が静かに響いていた。

ヘルベルトと強力は白装束の一行に遅れないように、無言で付いて行った。八合目あたりの山小屋に到着した一行は、翌朝に頂上での日の出を拝むため、その夜は山小屋で休んだ。

夜明け近い頃、鈴の音が騒がしく聞こえ、巡礼の一行が出発する。ヘルベルトと強力も頂上をめざして登って行った。やがて紫色の霧の中からオーロラが現れ、雪を抱いたぎざぎざの峰々を美しい深紅に染めた。巡礼達はひざまずいて、手を打ち、祈り、数珠をこすり合わせて合掌していた。

「だんなさんは運がいい。わしは何度も登っていますが、今日の日の出がいちばんです」

強力の言葉に、ヘルベルトも大きく頷いて
「素晴らしい。苦労して登ってきてよかったよ」

森の国といわれるドイツも美しい自然に恵まれているが、富士山からの日の出の神々しさにヘルベルトは感動を覚えた。

山を下りたヘルベルトは、御殿場で強力と別れた。この日は箱根の富士屋ホテルに滞在することにしていた。夏は涼しく快適なため、富士屋ホテルには明治の頃から外国人が多く滞在した。ヘルベルトはホテルでもアメリカ人としてふるまい、鍛えた足で歩きまわった。


九月の半ば、ヘルベルトは三重の伊勢神宮に向かった。日本で最高の格を持つ神宮で、皇大神宮（内宮）には皇室の祖神である天照大神が祀られている。

伊勢神宮の大鳥居をくぐり、欄干に擬宝珠の付いた木の橋を渡った。ここでまた白装束に杖を持った巡礼の一群に出会った。川の方へと降りて行く彼らを興味深く見ていたら、中の一人がヘルベルトに声をかけた。

「この五十鈴川で手を洗って、身を清めるのです」別の一人が誘うように言った。

「外国のだんなさん、川の水はきれいで気持ちがいいですよ」

「ありがとう。私もそうするよ」ヘルベルトも川へ降り、巡礼のしぐさを真似て手を洗った。

木立に囲まれた玉砂利の道を歩くと、かすかに石のこすれる音が静寂の中で規則的に響く。木の鳥居門をくぐると、中にもまた木だけで造られた建物があった。鳥居に続く塀も前に置かれた灯籠も木で出来ている。塀の中にある建物も木を組み合わせたもので、屋根には木の皮がきれいに重ねてある。これらはすべて〝生のまま〟で、匂い立ってくる木の香に、ヘルベルトは思わず深く息を吸い込んだ。

外宮のはずれに小さな屋根が付いたお知らせ板があり、「神楽殿の御祈祷　浅田家四名様」と書かれていた。これは何かのお祈りだろうかと興味を持った。まだまだこの広い森の中の建物を静かに見て回りたい。ヘルベルトは一週間の滞在を決めた。

神宮を出て宿を探しに〝おはらい町〟へ足を向けた。土産ものを売る店が並ぶ通りを歩いていると、白装束の人達が被っていた笠を売っている店を見つけた。これはいい日よけになると、ヘルベルトは店に入った。間口の広い大きい店であった。笠を買い、そこの主人に声をかけた。

「伊勢神宮をゆっくり歩きたいと思い、宿を探しています。できればあまり遠くないところがいいのですが」

「この先に旅館があります。日本人向きですが、だんなさんは日本語がおできになられるから、よければお電話してみましょうか。いい旅館でございますよ」相手をした店の主人が言った。

純日本式もいいとヘルベルトは思った。

「宿泊は何日間になさいますか。だんなさんのお国はどちらでございますか。それから、お名前をどうぞ」

「アメリカのヘルベルト・デラカンプです。宿泊は一週間です」店の主人は電話室のある所まで行って戻ってきた。

「お部屋を用意してお待ちしているそうです。どうぞご安心ください」

ヘルベルトは通りを抜けて、教えられた「一二三旅館」を見つけた。日本建築には珍しい三階建で、三階の広い部屋に案内された。なかなか良い眺めでヘルベルトは気に入った。宿の主人が挨拶に来て歓迎してくれた。

「お食事は日本料理でございますが、美味しい松坂牛もございます。おまかせいただいてよろしゅうございますか」

「はい、よろしくお願いします。日本料理も楽しみです」

ヘルベルトは今日行ってきた外宮の、木の香りに心が落ち着いたことなどを主人に話した。

「どの建物も二十年ごとに建て替えられるので、いつもどれかが新しいのです。朝はやく行かれたら、それは気持ちがいいです」

「それはいいことを教えてくださって。ところで…」と気になっていたことを尋ねた。「神楽殿の祈祷者と書かれていましたが、あれはなんですか」

「神楽殿で願い事を祈祷していただけます。ご祈祷料を納め、雅楽にあわせて神楽を奉納します。伝統の舞で優雅ですよ、こんど行かれた時に申し出なされればいいと思います」

ヘルベルトは次の日から毎朝、伊勢神宮を訪れた。深い森の木々に囲まれ、どの建物も落ち着いた雰囲気を持っていた。ヘルベルトの心にも静寂が訪れた。

ご祈祷も許され、早く戦争が終わり貿易の仕事が出来ますようにと祈った。祭壇に向かって舞う二人の巫女は、蝶々が翅を広げているようだった。雅楽も厳かであった。戦争中ではあったが、ヘルベルトはこの夏休みに満足し、そして感謝した。


十月に入った日、ヘルベルトは六甲山の自宅に帰ってきた。この家が出来た時から住み込みで働く鈴木夫婦が留守番をしている。居留地で仕事をしている外国人とそこで働く日本人の関係は、戦争でドイツと敵対しても変わることはなかった。

「もうそろそろお帰りになる頃と思っていました。すぐストーブに火を入れます」

鈴木夫婦はにこやかに出迎えた。

「ただいま。富士山も伊勢神宮もよかったけど、戦争中だから少し落ち着かなかった。新聞はとってあるね」

ヘルベルトはそう言って居間の椅子に腰を下ろした。箱根の富士屋ホテルには英語の新聞があったが、ジャパンクロニクルを読みたいと思った。

「はい、すぐに全部お持ちします。それと郵便物もございます」鈴木は急いでそれらを持ってきた。

「ありがとう。やはり家は落ち着くよ」

それからしばらく、ヘルベルトは久しぶりの我が家でゆっくりと休んで、秋の六甲山を散歩して過ごした。

大正三年（一九一四）十月三十一日、ドイツ帝国の東アジアの拠点・青島を日本とイギリスの連合軍が攻撃し、十一月七日にはこれを陥落したことを知った。

ヘルベルトが新聞を見ているところへ、鈴木が紅茶を運んできた。

「やはり青島は日本に占領されたね。ドイツ五千の兵に日本兵は三万だ。やむをえないね」

紅茶を一口飲んでヘルベルトが言った。

「多勢に無勢でした。日本は山東半島でのドイツの権限を引き継ぐそうです。こちらに郵便物を置いておきます」

鈴木は数通の封筒をテーブルの上に置いて行こうとした。その中にクラブ・コンコルディアからの手紙を見つけてヘルベルトは封を開けた。

「明日はクラブに行ってみるよ。誰かに出会えるだろう」

久しぶりに訪ねたクラブ・コンコルディアは閑散としていた。数人のドイツ人のほかに、ドイツ語の達者な佐藤と警官一名がいた。

「ベーア会長、ここでまたお会いできてよかったです」ヘルベルトが嬉しそうに言うと、

「ええ、君もお元気そうでなによりだ。富士山はどうでしたか。少し日焼けしたようだね」

ベーアもヘルベルトに会えたことを喜んだが、青島が陥落してこれからのことが心配になっていた。

「富士登山のあと、伊勢神宮にも行ってきました」

それを聞いて居留地仲間のオルトマンが近づいてきた。

「ゆっくりその話を聞きたいですね。私も夏の間、ハイトマンと一緒に上高地に行っていました。ドイツ国籍なので旅行許可がおりるのに時間がかかりましたが、あちらは外国人向きのホテルがあって、涼しくて快適でした」

「来年の夏には私も行ってみたいですね。ところで、ドイツの戦争の様子が家に帰ってよくわかりました。青島は日本に占領されたのですね。この話題は話してもいいのでしょう、事実ですから」

その時、レファートが部屋に入ってきた。彼は、戦地の青島に志願の通訳者として行ってい

た。皆が一斉にレファートの方へ近寄った。

「お帰りなさい。ご無事でなによりでした」ベーア会長がまず声をかけた。

「青島の様子を詳しく話してください。ドイツ兵は捕虜になったのですか」ヘルベルトがたたみかけるように尋ねた。

「そうです。青島のドイツ軍は捕虜として日本に送られてくるようです。私は民間人だから帰ることができました」昨日帰ったばかりだというレファートは、質問に丁寧に答えた。

「捕虜たちはこれからどうなるのでしょう」オルトマンも神戸から青島へ行った同胞のことが心配だった。

「収容所での生活になりますが、ハーグ条約で捕虜を人道的に扱うと書かれていますから、彼らの人権は守られるでしょう」

レファートは自分にも言い聞かせるように言った。

「今朝の新聞に木津川尻の大阪捕虜収容所の記事がありました。彼らは結構自由にタバコを吸ったり、トランプゲームをしたりしていますよ」

ベーア会長が皆に新聞を見せた。記事を見たヘルベルトが、

「シーメンス・シュッケルト商会東京支部から五千円送ってきたと書かれています。差し入れが出来るんですね。我々も寄付金を募りましょう」

「それはいい、早速始めましょう」

ベーア会長が身を乗り出し、その場にいたチャールズも
「捕虜収容所を訪問出来るようなら、面会して必要な物あるか聞けるといいですね」

数日後、須磨のデラカンプ邸では、チャールズとひでが午後の庭を散歩していた。大小七匹の犬たちが喜んで走り回っている。チャールズは、今日もクラブ・コンコルディアへ行って来たところだった。

「捕虜になられたドイツ人のご様子が分かりましたか」

「日本の方々に捕虜収容所があるようだけど、ベーア会長が訪ねた鳴門の板東捕虜収容所には神戸の居留地の人が多くいるということだった」

「皆さん、お元気にしておられるのでしょうか。お若い方ばかりですから大丈夫でしょうと思いますが」ひでもドイツ人捕虜を気遣った。

「皆元気そうで、スポーツも出来るようだよ。テニスコートもたくさんあったそうだ」

「それはようございました」

「聞くところによると、ヴァイオリンやマンドリンを持って収容所に入った人もいて、演奏を楽しんでいる人達もいるようだ」

収容所でオーケストラ演奏をしたいと望んでいることがわかり、横浜と神戸居留地のドイツ人が楽器を集めることになった。貿易商のラムゼーガーが中心になって資金調達もしているという。彼の甥のデア・ラーンは捕虜となり板東収容所にいる。

「皆さんのお望みが叶うとよろしゅうございますね」ひでも収容所の生活がひどく悪いものでないらしいと分かって少し安心した。

「ヘルベルトも板東捕虜収容所まで慰問に行くようだ」

若い人達に行ってもらうので自分は行かないが、資金協力はするつもりだとチャールズは言って、海岸へ通じる木戸を開けた。

広い庭は海辺まで続いている。犬たちは木戸から走り出て砂浜を駆け回っていた。ひでも

チャールズについて海岸を歩きながら言った。

「スポーツや音楽を楽しめると言っても、やはり不自由な捕虜生活ですから、皆様のご援助は心強いことでございましょう」

ひでは足元にじゃれて来た子犬を抱きあげながら、旦那さんは土地の一部分を売ってその援助にしたいと思って値踏みして歩いておられると感じていた。そうするのがいいとひでも思っていた。

「少し寒くなってまいりました。お部屋に帰りましょう」


早春の穏やかな光の中、瀬戸内海を南へ向かう船があった。神戸元町港を出発して鳴門の岡崎港に向かう定期船である。その甲板に、ベーア、ヘルベルト、ラムゼーガー、ハイトマンが座っている。彼らはそれぞれに、ケースに入ったチェロとコントラバスを大事そうに抱えていた。

「皆さまのお陰でオーケストラのための楽器がほぼそろいました。今日、このチェロとコントラバスを届けると終わります」ラムゼーガーが感慨深げに言った。

「楽器ですから、大事に届けなければなりません。持って運ぶのが一番ですよ」ハイトマンが言うと、ベーアも満足そうに、

「プロのヴァイオリン奏者のエンゲル氏もおられると聞いていますので、良い演奏が期待できます。何度も運んだ甲斐がありますよ」

「短期間でよくこれだけ集まったと思います。ありがとうございます」というラムゼーガーに、ベーアがねぎらうように言った。

「板東にいる仲間には何よりの贈り物ですよ」

「次の機会には演奏会に行きたいものです。生のシンフォニー・オーケストラを楽しむことはめったにないですから」と言うハイトマンに、

「明日訪問した時にお願いしてみましょう。私が子供たちのために書いた童話を本にしたいと言われたので、それが出来上がっていると思いますから」とベーアが期待に応えるように言った。

「きっといい本に出来上がっていますよ。収容所内の印刷技術は専門的で多色刷りも出来るようですよ」ヘルベルトが言った。

「板東収容所はちょっとした村ですね」

郵便局、家具屋、仕立屋、靴屋、理髪店、レストランまであり、造船所でヨットを作って所内の池で舟遊びをしていることなど、ラムゼーガーは詳しく知っていた。

捕虜の多くは志願兵となった元民間人で、彼らの職業は家具職人や時計職人、楽器職人、写真家、印刷工、鍛冶屋、床屋、靴職人、肉屋、パン屋など様々であった。彼らは自らの技術を

生かし、ヨーロッパの優れた手工業や芸術作品などを近隣の住民に披露した。

坂東捕虜収容所所長の松江豊寿は捕虜たちの自主活動を奨励し、捕虜に対して人道的で友好的な処遇を行ったとして知られている。

「松江所長は立派な方だと聞いています。我々も心が休まりますよ」ベーアが言った。

岡崎港が近くなり下船の準備が始まった。今夜は岡崎の宿に泊まり、翌朝、板西警察分所で収容所慰問の手続きをしてから人力車で行くことを確認して、四人はそれぞれ楽器を抱えて立ち上がった。


大正七年(一九一八)六月一日、板東捕虜収容所内の講堂に約千人のドイツ人捕虜たちが集まっていた。所内のオーケストラによる演奏会が始まろうとしている。聴衆の中には少数の日本人もいた。ベーア、ヘルベルト、ラムゼーガー、ハイトマンの四人も招かれていた。最前列にいた松江所長が隣の席をうながして並んで立ちあがり、聴衆に向かって言った。

「皆さま、今日は板東収容所に素晴らしいお客様をお迎えしていますのでご紹介いたします。紀州のお殿様の子孫の徳川頼貞侯爵です。徳川様は音楽にご造詣が深く、ベートーヴェンの交響曲第九番をお聴きになりたいと東京から来られました。ご支援もいただきました」ドイツ人が通訳すると、聴衆から拍手が起こった。

「ご紹介いただきました徳川です。今日は徳島オーケストラによる演奏を楽しみにしています」

ベートーヴェン交響曲第九番が日本で初めて全曲演奏されたのは、この坂東収容所であった。

指揮者のヘルマン・ハンゼン一等軍楽兵曹が、オーケストラの前に進み出て一礼した。指揮台に上がり、いよいよ演奏が始まった。聴衆は静まり返って耳を傾ける。

静かに始まった第一楽章は徐々に重厚になり、第二・第三楽章では軽やかに、第四楽章は歓喜の歌の合唱で盛り上がる。女性はいないのでそのパートは工夫して男性が歌った。聴衆は捕虜の身をベートーヴェンの苦悩に重ねて聞き入った。曲が終わり一瞬の静寂の後、会場には拍手が鳴りやまなかった。

収容所内のレストラン「水晶宮」の隣の部屋に

ベーア、ヘルベルト、ラムゼーガー、ハイトマン、ドイツ軍将校のシュタイン、アイケル、フォイクト、ラーンらが待っていた。そこへ松江所長、徳川侯爵、ヘルマン・ハンゼンが通訳者とともに入って来た。

松江所長が徳川侯爵に皆を紹介する。

「こちらは神戸からお越しのベーア氏、デラカンプ氏、ハイトマン氏、ラムゼーガー氏です。オーケストラの楽器を揃えて下さいました」

「それはご苦労なことでした」徳川が一人ずつと握手をする。

「もし英語で話しても良いのでしたら、通訳なしで話せますがどうでしょう」

徳川侯爵の提案に
「居留地では共通語として大抵は英語を話します。徳川様と直接お話しできるとは光栄です」

ベーアが代表して言うと、

「徳川様はケンブリッジ大学ご卒業ですから英語はご堪能です。どうぞ、皆様お席について下さい」松江所長もまた英語で言った。

全員が席に着くのを待って、ウエーターがワインを注ぐ。料理が次々と運ばれ、シェフが料理の説明をする。これはドイツ語であったから隣の将校が英語に訳した。

「こんなに本格的なドイツ料理をいただけるとは思っていませんでした」徳川侯爵が言うと、

「牧場で牛や豚を飼育しています。牛乳やバター・チーズも作っています」

「パンも本職のパン職人が焼いていますし、プロの料理人もいます」

「農園もあって、畑で大抵の野菜は作っています」

同席の将校たちが収容所内の様子などを説明した。

「なるほど美味しいわけだ。新鮮な野菜は格別です。それにドイツワイン、これも上等ですな」

徳川がグラスを手に感心したように言う。

「神戸や横浜の居留地の方々が入れ替わり立ち替わり来てくださいます。本当に勇気づけられます」ラムゼーガーの甥のラーンが感謝を込めて言った。

「美しい同胞愛ですね」頷く徳川に、ラムゼーガーも
「我々も出来るだけ支えたいと願っています」

「地元の日本人との交流もありまして、住民たちも色々と教えてもらい喜んでいます」

松江所長が加えて言った。

鳴門の農業学校ではハムやベーコンの作り方を、収容所の体操クラブは地元の中学校で鉄棒、鞍馬、組体操などを教えていると、同席したドイツ将校たちから聞いた徳川侯爵はますます感心した。

「今、収容所近くの川に橋をかける作業をしていますが、石の橋で立派なものです」松江所

長はドイツ人捕虜の優秀な仕事ぶりを褒めた。

「将来的に残る友好の記念になりますね」

その徳川の言葉通り、捕虜たちが建築の知識を生かして建てた小さな橋は「ドイツ橋」として今でも現地に保存されている。


ヨーロッパを中心とした第一次世界大戦は、いつ終わるとも知れぬ長期戦の様相だったが、一九一七年アメリカの参戦が転換点となった。同時にこの年ロシアでは革命が起こりソビエト政府が成立、ロシアは大戦から手をひいた。翌年七月、ロマノフ王朝のニコライ二世と皇后アレクサンドラ、そしてその子供たちが銃殺された。

一九一八年十一月にはドイツ国内でも革命が起こり、皇帝ウィルヘルム二世が退位しオランダに亡命、ドイツ帝国は消滅した。

同年十一月十一日、停戦協定が結ばれ、約四年に及んだ戦争は終結したのである。

第七章　雅子の留学

神戸外国人居留地。アメリカ領事館、イギリス領事館が軒を並べる海岸通りには、連合国のアメリカ、イギリス、フランス、ベルギーの旗が翻っていた。その中に、日の丸も仲間入りし風にはためいていた。

商館にもそれぞれの国旗が上がっていたが、敵国であったドイツとオーストリアはすでに居留地からは撤退していた。在留ドイツ人も多くは本国へ帰っていた。ドイツ国内では、トランクに詰め込んだマルクでやっとパン一斤が買えると言われるほどの激しいインフレで、商社経営も困難になっていた。ドイツ人にとっては、厳しい試練の時期であった。

居留地の通りは、それぞれの国旗を手に持った人々であふれていた。日の丸を持った日本人もいて、「バンザイ」と叫んでいる。路上には黒、赤、黄色のドイツの国旗が踏みにじられていた。

「普仏戦争のお返しだ！　ブラボー！」フランス人は大いに気炎を上げていた。

普仏戦争は一八七〇年から七一年にかけて、プロイセンを中心とするドイツ連邦とフランス・ナポレオン三世との戦いだった。プロイセンが大勝しドイツ領となっていた国境のアルザス、ロレーヌ地方を取り返せると喜んでいたのだった。

「さあ、お祝いをしよう。シャンパンとワインで乾杯しよう！」

居留地の多数を占めるイギリス人の喜びも大きかった。

「やっと安心して貿易ができる。もう船が襲われることはない」

「世界中が物不足になっている。これからは仕事が増えて忙しくなるぞ」

アメリカの参戦で終戦に至ったと言われ、アメリカ人も鼻を高くしていた。ヨーロッパが戦争で苦しむ中、アメリカの経済は発展していた。

「アメリカ、ザ・ファースト。アメリカは世界一番の国になったのだ！」

海上では戦勝を祝う花火が威勢よく上がり始め、夕闇に美しく弾けていた。

クラブ・コンコルディアに、十数人のドイツ人が元気なく集まっていた。

居留地七十九番にあったドイツ人社交クラブ、コンコルディアは明治二十九年（一八九六）三月に焼失、その後はレクリエーション・グランド西側の伊藤町百十七番に移った。三四〇坪もある石造りの立派な建物だった。しかしドイツの敗戦で大正七年（一九一八）五月に、土地・

建物と一部家具付きで、三万四千円で神戸の日本汽船会社へ売却された。

今は浪花町六十六番に臨時で借りたクラブで、厳しい制限下にあった。警察の命令により全ての社交活動は停止を余儀なくされた。飲食物の持ち込みは許されず、唯一読書が目的の場合にだけクラブを利用することができ、その時は静かに会話することは許されていたようだった。

ドイツ人たちはクラブ・コンコルディアに集まり、互いに情報を提供した。会長のベーアは毎日顔を出していた。

皇帝ウィルヘルム二世はオランダに亡命し、ドイツ帝国の王侯も皆退位した。

「ドイツ共和国の成立ですね」ヘルベルトは世の中が変わるのを感じた。

この戦争では百八十万人ものドイツ兵が命を落としたと言われる。

「負傷者はもっと多いに違いないし、大抵は三十歳より若い人ばかり。痛ましいことだ」

ラムゼーガーが沈んだ声で言うと、その場にいたチャールズも
「戦争に負けると何もかも大変です。しかし、とにかく戦争は終わった。これからのことを…」

と言いかけたところに、博識のオルトマンが
「神戸にいるドイツ人は以前の半分になっています。しかしドイツに帰られた人たちもどうなっているか、神戸にいるより大変ではないでしょうか」

「ドイツはインフレで、大きなトランクに紙幣を詰め込んで買い物に出かけなければならな

い程らしいですよ」

レファートはドイツの親戚から来た手紙を見せながら話した。

一九一九年一月、第一次世界大戦の終結による講和条件を検討するため、連合国の代表が集まりパリで講和会議を開いた。会議はアメリカ大統領ウイルソン、イギリス首相ロイド・ジョージ、フランス首相クレマンソーの三巨頭によって進められた。日本からは西園寺公望らが出席した。敗戦国のドイツは会議に出席することもできず、大戦の責任を押し付けられた。

講和条約の調印式は、六月にベルサイユ宮殿で行われた。ベルサイユ条約である。

この条約によって、ドイツは重要工業地帯を含む領土の八分の一とすべての海外植民地を失った。これにより鉄鉱の四分の三以上、石炭の三分の一、農地の一五％を失うことになり、経済的に大打撃を受けた。

しかし、イギリスの経済も同様に打撃を受けた。元々イギリスは植民地貿易に強く頼っていた。大戦後、植民地には民族資本が成長し、海外市場にはアメリカも進出した。フランスもまた戦勝にもかかわらず、大戦の痛手は大きかった。産業は容易に回復せず、貿易も赤字続きだった。さらにアメリカからの借金が多額になっていた。賠償金の支払いをドイツに求めたが、ドイツは賠償金を払える状態ではなかった。

クラブ・コンコルディアでは、これからどうすればいいかを模索していた。話し合っても答えがあるわけではないが、

「居留地のどこかに商会を持っていないと仕事を始められない。その準備をした方がいいのではないでしょうか」チャールズが提案した。

「ドイツの商会があった土地を日本人がかなり買ったようですが、いくつかはまだあるはずです。神戸市と交渉してみましょう」ベーアは会長の役割であると思って言った。

「それはありがたいです。よろしくお願いします」チャールズも、そこにいたほかの貿易商たちも期待した。


須磨の洋館の居間では、チャールズがひでに居留地の近況を語っていた。

「居留地の七十五番に商会を開くことになった。前よりも小さいが悪くないよ。ヘルベルトは以前のまま七十番に開くそうだ」

押収されたドイツの財産の七割は、それぞれの商会に返還されるという。

「全額ではないが有り難いね」

「それはよかったですね。またドイツ人の商会に活気が戻りますね」

ひではほっとした様子だった。

「ドイツ本国が混乱しているのでまだまだ難しいことは多いよ。今はアメリカ貿易の景気がいいのでアメリカ経由を考えている。私と違ってヘルベルトはアメリカ国籍があるからいいだろうね」

「私はようわかりませんが、お仕事が始まるのはなによりでしょう」

アメリカと言えば、ひでは雅子に頼まれていることがあると、遠慮がちにチャールズに切り出した。

「雅子はいくつになったかね」

「十八歳です。専科二年になりました。ピアノが特別上手なようで、宣教師の先生にアメリカの音楽大学に留学を勧められたそうです」

母親の三重は、遠いアメリカに行かなくても日本にいて欲しいと反対しているという。

「そうか、雅子はアメリカに行きたいのだね。それならこの家で雅子のピアノの演奏会を開こう。音楽好きの居留地の人たちを招いて聴いてもらおう。素晴らしい演奏と認められれば三重さんも納得するのではないか」

アメリカの学校は九月から始まる。先生には女学院の卒業を待たずに入学する方がいいと言われていた。自分の母校だから、推薦して滞在の家庭も用意してくれるという。

ひでは雅子の希望が叶えられるといいと思っていた。チャールズも必要な費用は援助してくれると約束した。

「先ずは演奏会を開こう」

チャールズは久しぶりにドイツ人仲間と楽しい集まりが出来ると喜んだ。


五月、庭のツツジが満開に咲き誇り、屋敷には久しぶりに華やいだ雰囲気が漂っていた。日本家屋の大広間は襖も取り払って広々としている。以前に外国人の客を迎えた時のように、花茣蓙を畳の上に敷いて靴のまま椅子に座れるようにした。

水盤に花菖蒲を生けた床の間に向かってピアノが置かれていた。ピアノから少し離れて優雅な椅子が並べられていた。イギリス製の椅子を見て日本の職人が作ったものである。

この日招かれたのは、ラムゼーガー夫妻、ベーア夫妻、オルトマン夫妻、ヘルベルト、新婚のレファート夫妻、そしてマリア夫人―彼女はドイツ人で、小倉商会を経営する小倉氏と結婚した。年配ではあるが上品で美しい人であった。

当日は演奏のあと、ディナーへの招待だったので、女性も男性も正装だった。後列にいるひで、三重、たみたちも美しい着物姿であった。女学校を卒業したふみは、訪問着姿が初々しかった。雅子は女学生姿で、袴を着け編み上げ靴を履いている。

チャールズがピアノの横まで進み出て挨拶をした。

「皆様、今日はお忙しいところ須磨までお越しいただきありがとうございます。姪の雅子は神戸女学院の音楽科でピアノ専科です。アメリカ留学を勧められていますが、それに値するほどの演奏を出来るのかどうか、皆様に聴いて頂き、率直なご意見を伺いたいと思います。お手元に簡単な演奏曲目をご用意しました。では新田雅子を紹介します」

緊張した面持ちで席を立った雅子がピアノのところへ行き、皆に向って一礼した。

「雅子でございます。よろしくお願いします。まず、リストのパガニーニによる大練習曲集の中から一曲弾きます」

雅子はピアノの前に座り、呼吸を整えてから演奏を始めた。リストの華麗な曲がなめらかに流れる。庭の若葉が五月の光を受けてキラキラと輝いている。曲が終わると聴衆の拍手を受けて雅子が立ち上がり、深く

お辞儀をした。

「ありがとうございます。アンコール曲として、もう一曲、シューマン作曲のトロイメライを弾きます。聞いてください」

トロイメライの曲は優しくて、心地よく皆の気持ちを和ませた。雅子はもう一度立ち上がり深くお辞儀をした。また拍手が続いた。

ラムゼーガーが夫人とともに雅子のところにやって来た。

「雅子さん、素晴らしかったですよ。是非アメリカに留学なさるといい」

「わたしもそう思います。神戸女学院には小倉末子というピアニストがいらっしゃいますよ。やはりアメリカとベルギーに留学なさいました。きょうはお母様のマリア様をお誘いしましたのでご紹介します」

小倉夫妻には子供がなかったので、親戚から養女として末子を迎えた。末子は才能豊かで、幼い頃からマリアはいつくしんで育てた。彼女は神戸女学院から東京音楽学校へと進み、ベルリンへ留学、その後プロのピアニストとしてヨーロッパで活躍した。第一次世界大戦で帰国後は、東京音楽学校の教授を務めた。

ラムゼーガー夫人に誘われて小倉夫人のところへ行った雅子は、一礼して、

「今日はお越しいただきありがとうございます。小倉末子先生は、神戸女学院では有名な方で、

私たちの憧れの方です。いつか私もピアニストになれるように勉強します」

小倉夫人は立ち上がって雅子を抱擁した。

「女学院時代の末子を見ているようでした。とてもよかったですよ」

レファート夫人も雅子の演奏を褒めた。彼女は日本人としては背が高く、ドレスが似合う美しい人だった。そしてやはり留学を勧めた。

「ピアノの上達はもちろんですが、日本以外の世界をご覧になると視野がひろがりますよ」

「ええ、ありがとうございます。わたしも不安はありますが、知らない世界を見てみたいという気持ちのほうが強いです」

レファート夫人の日本語は、席の後ろに座っている、ひでと三重にもはっきりと聞こえた。ピアノの演奏を褒めてもらっているのは嬉しいことだが…と三重は思った。しかし雅子が強く望んでいるのなら留学は認めるより仕方がないと思い始めていた。

夏休みに入ると、雅子は家族の愛情と期待を一身に受けて、アメリカ・シカゴの音楽大学に入学するため、神戸港を出発した。二年間の予定であった。

日本に来てデラカンプ商会を始めたフーゴー・オットー・デラカンプは、第一次世界大戦終戦の一年後にハンブルクで亡くなった。七十三歳だった。ヘルベルトはハンブルクに帰って、父親の最期を看取ることができた。その時に結婚したいと思う人に出会い婚約した。チャールズは行かなかったが、大変な時期を過ごしているハンブルクの親戚になにがしかの金額をドルの小切手にしてヘルベルトに託していた。

それから二年が経ち、ドイツ国内も落ち着いてきた頃、チャールズもハンブルクに帰って来ようと考えていた。そのことをひでに話すことにした。

「雅子がアメリカに留学して二年近くなるね」チャールズは時の経つのが早いと思った。

「はい、元気に頑張っているようです。三重への手紙には、留学してよかった、だんなさんのお陰です、と書いてきています」

「そうか、それはよかった。私は一度ハンブルクに行って来ようと思う。フーゴーさんのお墓参りをしてくるよ。それから、商会はもうやめようと思う」

「やはり、居留地にデラカンプ商会が二つあるのは無理なのでしょうか」

「デラカンプ・ピパー商会に譲ることにするよ。私も六十歳を越えた。引退してもいいころだよ」

「ハンブルクにはどのくらい滞在なさいますか。お留守は淋しいですが、待っています」

「雅子のことだがアメリカ留学の後、ハンブルクに行かせようと思う。ドイツはまだ経済が厳しい状況だが、ハンブルクには有名なスタンウエイの工房があるし、有名なピアノの先生もおられる。親戚に雅子のことを頼んで、先生を紹介してもらうよ」

「雅子は喜ぶでしょう、ピアノに夢中になっていますから。でも三重には、なんと話しましょう」

「三重さんの説得はお願いするよ。ところで、この屋敷の一部をまた売ることにしよう。買った時よりうんと値上がりしているようだよ」

「わかりました。番頭さんと相談して、お帰りになるまでに大方のことを整えておくようにします」

チャールズがハンブルクに出発した。三重と留守番しているひでは、雅子のことを早く話さなければと思っていた。

ひでが居間のテーブルの大きな花瓶に紫陽花をたっぷり活けていたところへ、三重がやって来た。

「きれい、お庭の紫陽花ですね。でもだんなさんがお留守だと家の中が、なんとなく物足りないようね」

「ほんとね、この家はだんなさんが居はって回っているのがようわかります」

「あのう、ひで姉さん。今朝、雅子から葉書が届きました」

三重はひでと、雅子のことをゆっくりと話したいと思っていた。チャールズには、父親がいない雅子を娘のように可愛がってもらい、アメリカ留学という普通の家庭ではできない勉強をさせてもらって三重は感謝している。そして今度は、ハンブルクでピアノのレッスンをすることになったと、葉書に書いてあった。

「早く言わなくてごめんね。でも私は羨ましいと思うとるよ。雅子は賢いし能力もある」

「うちはそれが怖いの。良い男はんのお嫁さんになって、家庭を持って子供を育ててほしいと思うとるの」

「三重さん、よう考えてみて。私ら姉妹は父親が亡くなって財産もなくなり、母さんが困り果てていたのを覚えとうでしょう。うちが舞妓になって、運よくチャールズに出会えたけど、でもそんな偶然に頼るのは心もとないと思わへん」

「それはそうだけど、うちは新しい女の考え方にはついていかれんの。それにふみちゃんはもうすぐお嫁入りだし」

ふみの結婚相手が有名な三菱重工の社員だと喜んでいるたみが、三重には羨ましかった。

「ふみの結婚は、それはそれでおめでたいけど、雅子には新しい時代の、優秀な女になってほしいんよ」

三重に話さなければいけないと思いながら、ずっと言いそびれていた。じつはチャールズはすでに雅子のハンブルク行きを決めていて、アメリカからヨーロッパまでの船の切符も雅子に送っていた。チャールズはハンブルクで雅子と落ち合い、親戚に引き合わせてから帰りたいと思っていた。雅子はそのころ、すでにハンブルクに向かう船に乗っていたのであった。

「三重さん、ごめんね。だんなさんが決められてすぐ出発なさったから、早く話さなければと毎日落ち着かなかったよ」ひでは三重の手をとって謝った。

「うすうす分かってました。けど、雅子に会いたい。ハンブルクは一年だけにして帰ってきてほしい」三重は少し涙ぐんでいた。

「もうひと月したら、だんなさんが帰って来られます。そしたらハンブルクでの雅子の様子がわかるよ」

数日後、三重が雅子からの手紙を持って、嬉しそうに報告に来た。

手紙には、チャールズが何もかも用意してくれて、親戚の家で不自由なく過ごしていること。同年代の娘さんがいて特に仲良くしていること。ハンブルクでも有名なピアノの先生に個人レッスンを受けていることなどが書かれていた。

「ドイツ語も日常生活には困らないようになっています。ご安心ください、ですって」

「ほら、元気にしてる。雅子は心配ないよ」そう言って、ひでは番頭さんと話があったと急いで出ていった。

ひではチャールズが帰って来た時のために、屋敷の南側の土地を手放す用意を整えていた。

チャールズのハンブルク行きは、雅子のためももちろんあったが、ハンブルクの財産権等を整理しておく目的もあった。チャールズは日本に永住することを心に決めていた。

チャールズがハンブルクから帰って来て、須磨の屋敷には活気がもどった。

土地の一部を売却する書類を作成し、チャールズはそれを承認した。商会のあった居留地七十五番も、日本人に売却するめどがついた。

仕事を辞めたチャールズは写真撮影を趣味としていた。ハンブルクでも沢山の写真を撮っていて、その中には雅子の写真も多くあったので、ひでと三重は喜んだ。そして見たことのないヨーロッパの街並みは、道幅が広く建物も大きく整然としているのに驚いた。三重は雅子がそこで多くのことを経験している、それは雅子にとっては良いことなんだ、そう思えるようになっていた。

第八章　関東大震災と神戸

第一次世界大戦は、日本に大きな影響をもたらした。

戦争中のヨーロッパ各国から日本への軍需品や日用品の注文が相次いだ。またヨーロッパ諸国からアジアやアフリカの植民地への送品が途絶え、日本の商品が売れた。これは日本に大きな利益をもたらした。

日本の産業もまた、戦争によってめざましい発展を遂げた。造船や製鉄などの重工業を盛んにし、繊維製品を中心とした輸出で世界一の紡績国となった。また、ドイツからの染料、薬品類などの輸入が途絶えたことにより、遅れていた化学工業も発展することになった。

こうした好景気の中、にわか大金持が増えた。それは将棋の駒の「歩」が敵の陣に入って「金」になるように「成金」とも呼ばれた。その代表格に三大船成金と言われた勝田汽船、内田汽船、山下汽船があった。また、砂糖の販売を主流にしていた鈴木商店は、戦争が始まると船や鉄、小麦などあらゆる商品を扱い利益をあげた。たちまち六十以上の会社を支配する大財閥になり、三井・三菱を凌ぐ総合商社としての地位を確立した。

一方で、好景気は同時にインフレを引き起こし、庶民の暮らしは苦しくなった。

大正六年（一九一七）米一升十五銭が翌年八月には四十銭から五十銭にもなった。これに怒った富山の漁村の主婦たちが暴動を起こした。この「越中女房一揆」が報道されると、騒ぎはたちまち全国に広がり、いたるところで生活の苦しい民衆が米屋、金貸し、銀行などを襲うという事件が起こった。「米騒動」である。

「米騒動」は、五十日ほどの間に全国三百カ所以上、参加した人数は百万人を超えたと言われる。大正七年八月、神戸でも群衆による暴動が起こり、米の買い占めをしているとして栄町通の鈴木商店本店も襲撃され焼け落ちた。

しかし実際には同年四月の政府の外米管理令により、鈴木商店は三井物産、岩井商店などと共に外米輸入業者に指定され、外国米の安売りを行っていたのである。

好景気で輸出が増加するにつれ、輸出品の値が上がり国内の物価も上がった。生活が困窮した労働者は成金と貧乏が背中合わせになっている格差社会の矛盾に気付き、労働運動が起こってきたのであった。

同時に近代工業の発展により都市の人口が急速に増えた。都市に集まった人々は、会社や工場に勤める事務員や技術者が大部分で、いわゆるサラリーマンが大量に生まれたのである。

須磨のデラカンプ邸では、三菱重工に勤めるサラリーマンに嫁ぐふみの結婚式が行われた。ふみの弟の義男は、生悦住家の跡継ぎとして、ひでの養子となっていた。義男は関西学院大学を卒業してアメリカに留学中であった。もちろんチャールズが援助した。

今、屋敷にはチャールズとひでで、日本家屋に三重、そして以前からいる手伝いのよねだけになっていた。別棟の山田家もたみと夫の正男の二人だけ、正男は邸内の全てを管理する番頭である。あとは男衆として庭木の手入れや建物を見回る太吉がいた。

ひでは家内の全てに目配りして、無駄遣いのないように気をつけた。チャールズが仕事を辞めてからも、生活は変わりなく平穏に過ぎていた。

九月に入った日、チャールズは久しぶりにクラブ・コンコルディアに出かけた。大戦中は浪花町六十六番を借りていたが解約告知され、山本通二丁目二十八番に五年間の賃貸借契約で移転していた。チャールズはもう商会を持っていないが、同胞に会うのは必要で、嬉しいことであった。

クラブ・コンコルディアに着いてすぐに、東京で大地震があったようだというニュースを聞いた。横浜居留地に商会を持つ神戸の人達にも確実なことは分からず、電話も繋がらない様子だった。何か出来る事があれば協力して支えようと話し合ったが、様子が分かるまではとその日は解散した。

家に帰って、ひでにその話をしていると番頭の山田がやって来た。

「関東で大地震があって、もう何もかも滅茶苦茶や言うてます。大変なことになった」

「わたしも聞いたよ。明日もクラブに行ってみることにする。山田さん、今から須磨のオリエンタルホテル別館に行って、空いている部屋があれば全部予約して来てください」

山田は急いで出ていった。

次の朝、チャールズもひでも新聞を待ちかねるように早起きして、よねが二階の居間に持ってきた英語の新聞と大阪毎日新聞を食い入るように読んだ。チャールズは
「今日ははやく朝食を済ませて、クラブ・コンコルディアに行くよ。よねさん」

テーブルについて、よねが用意した朝食をとりながら、二人は今読んだ記事を話題にした。

「安政以来の大地震、東京全市火の海に化すと書かれていました。えらいことです」

「横浜も大変なことになっている。須磨のオリエンタルホテルにかなりの部屋がとれた。居留地の人々の助けになればいいが」

「お気を付けて行っていらっしゃいませ」チャールズはクラブ・コンコルディアへ出かけた。

大正十二年（一九二三）九月一日午前十一時五十八分。東京・横浜をはじめ、関東地方南部が未曾有の大地震に襲われた。後の記録によると、最大震幅八八・六ミリメートル、震度七・九

であった。震源地の相模湾に近い神奈川県の被害は大きく、横浜は全滅と言えるほどの被害だった。

たみと三重が落ち着かない様子で、ひでのいる居間にやって来た。たみは手に神戸新聞を持っていた。

「主人は神戸港に行ってみると言って、朝早く出かけました。横浜港に着く外国からの船はどうなるんだろう、と言うてました」

三重は今朝配達されたばかりの雅子からの手紙を持ってきた。

雅子はハンブルクで二年を過ごし、船で帰国の途についているという。

「楽しく有意義な日々で、皆様に感謝しています。帰ったらいっぱい話したい、と書かれてるんよ。こんな時に喜んではいけないいけど…嬉しくて」

「久しぶりに雅子に会えるのね。また成長して娘盛りになっているよ。楽しみだねぇ」とひでも喜んだ。

三重は新聞に外国船の記事を見つけ、声に出して読んだ。

「横浜市はほとんど全滅せり。横浜市は大地震と共に大海嘯《かいしょう》（津波）あり。家屋焼失、大火起こり建築物概ね倒壊せり。と横浜停泊船よりの報道あり」

ひでもたみもそれを聞いて、港にいる船からの方が詳しく冷静に見ているだろうと思った。

「だんなさんと番頭さんが帰って来はったら神戸港の様子もわかります。うちらも何かお役に立てればいいね」

ひではそう言って、出来るだけ多くの人を我が家に受け入れることに頭を巡らせていた。

次の日もチャールズと山田は、朝から神戸港に出掛けた。

居間にいるひでの所へ、今日もたみと三重が来て地震の記事を読んでいる。

「新聞を見ると怖いような事ばかりで、日本はこれからどうなるんだろうね」

ひでが言うと、三重が新聞の記事を声に出して読んだ。

「横浜から船に乗って神戸に避難して来た外国人はオリエンタルホテルに収容、今日到着する千余名は在留外人宅に分宿、さすがに広いホテルホールも避難者で一杯になっている」

「そう、昨夜だんなさんから聞きました。ドイツ人の避難者は須磨のオリエンタルホテル別館に案内して、とても喜ばれたようです。家でも準備を始めましょう」

昔いたコックのくにや男衆に手伝ってもらえないかと、ひでは早速に手配した。

九月四日、横浜港に到着した外国船は次々に震災避難者を乗せて神戸港へ向けて出港した。

五日午前十時に神戸港第三突堤に到着したタイガオン号をはじめ、十一時にはボンガラ号が五百余名の避難民を乗せて着港した。午後にはフランス船アンドルー号が千五百余名、さらに午後四時にはエンプレス・オブ・カナダとロンドン丸の客船が、また駆逐艦にも避難民を乗せ、続々と到着する予定だった。そのため兵庫県救護班では避難民の救護所を用意することになった、と神戸新聞は報じている。

九月五日の午後、チャールズは神戸港で被災者が船から降りてくるのを待っていた。イギリス、アメリカ、フランス、ドイツの神戸の外国人たちも皆、船から降りてくる被災者を助けたいと、港には大勢の人がいた。居留地で貿易の仕事をしている自分達と同じ立場だと思うと、他人事ではなかった。

小さい子供連れには特に助けが必要だろうと考えながら、下船の人びとを待っていたチャールズは、思いがけずその中に雅子を見つけた。

「雅子、雅子！　ここだよ！」チャールズは手を振りながら叫んだ。雅子も驚いたようだ。

「どうしてわかったの」

「横浜からの被災者を迎えるために来たんだよ。須磨の家ではひでさんが準備して待っている。空いているホテルはもうないからね」とチャールズは説明した。

「わかったわ。お手伝いします」

途方に暮れているドイツ人の家族に声をかけて、結局、六家族二十人を伴って帰ることになった。雅子は待っている間に、家族の名前を聞いて覚えた。幼児二人を連れたシュミット家族、同じく幼児二人のバイエル家族、マイヤーズ夫妻と少女ゾフィー、ワグナー夫妻と少女ハンナ、タウト夫妻と少年カール、クライン夫妻と少年ルドルフであった。

四時ごろ、チャールズの車が須磨の家に戻ってきた。エンジンの音に気付いたひで達は、急いで門まで出て迎えた。

三重が車に駆け寄って驚きの声を上げた。

「ひで姉さん、雅子が、雅子がいる！」

三重は泣き笑いの表情で雅子と抱き合って喜んだ。

「アンドルー号から雅子が降りて来た時はびっくりしたよ。でも会えてよかった」

「横浜に着いたら電報するつもりだったんだけど、横浜港も大変なことになっていて、それどころではなかったの」雅子も興奮気味に言った。

外国人を乗せた人力車が次々にデラカンプ邸の門を入って来た。山田に案内されたドイツ人たち二十人、六家族だった。

チャールズと雅子が人力車に駆け寄って、ドイツ語でねぎらいの言葉をかけた。人力車から降りたドイツ人家族は、感謝をこめてチャールズと握手した。

「あまりの出来事に呆然としていますが、このように救いの手を差し伸べて頂いて感謝の気持ちでいっぱいです。皆さんを代表してお礼申し上げます」年長者と見られるドイツ人が言った。

「自己紹介は夕食の時にして、どうぞ、先ずはお寛ぎください。今はまだ日暮れ前、庭でテーブルを囲んで食事をするのもいいではありませんか」

チャールズは被災した人達の気持ちを和らげるようにそう言って、自分の家族を簡単に紹介した。

「なにか困ったことがあれば誰にでも声をかけてください。雅子は皆さんと同じ船でハンブルクから帰ってきたばかりで、ドイツ語と英語ができます。雅子、ひでさんと相談しながら皆さんをご案内してあげて」

ひではこの日に備えて準備を整えていた。日本の夏は暑いので、シャワーやお風呂の後にと浴衣を用意した。子供用は雅子たちの子供時代のものだった。日本式の風呂が三つと、他にシャワーとバスタブがある。雅子は小さい子供のいるバイエル家族とシュミット家族に、日本式のお風呂を進めてその入り方も説明した。ドイツ語の出来る雅子は大奮闘であった。

「女の子のゾフィーとハンナはもう大きいからシャワーを使ったらどう。そのあと、カールとルドルフね」

外国生活の長い雅子は皆の名前をすでに覚えていた。ひでは二人の少女と二人の少年を案内して洋館の居間のある二階に上がって行った。

夕方、外はまだ薄明るい。座敷の前の広い庭にテーブルを置いてクロスで覆った。燭台のローソクと庭木に張ったロープに提灯を下げて灯りにした。座敷の電灯も明々と灯っている。六家族がテーブルに揃ったころ、チャールズが庭に出てきた。

「皆様、我が家にようこそお越しいただきました。大変な思いをなさっていることでしょうが、

ここではゆっくりなさってください。小さいお子さんは早く食事をしたいでしょうから、どうぞ召し上がってください」

「色々とお心遣いありがとうございます。浴衣は初めて着ましたが、涼しくて気持ちいいものですね。地震の怖さにすくんでいた心が楽になりました」

ゾフィーの父親のマイヤーズが皆を代表して言った。


「明日の朝は海岸をお散歩なさるのもいいかと思います。お疲れでしょう、ゆっくりお休みください」そう言ってチャールズは居間の方へ入って行った。

コックのくにたちが料理を運んできたので、雅子は皆に説明するために残った。

「ドイツのソーセージやハムを中心としたお料理にしました。気に入ってくださると嬉しいです」というくにの言葉をドイツ語に翻訳した。

「横浜に住んで十年以上の者もいますから、通訳なしでも大丈夫です。雅子さんは長旅でお疲れでしょうから、もうお休みください。あなたのドイツ語は素晴らしくて驚きました。色々ありがとうございました」

今度はワグナーが皆の気持ちを代表して言った。

屋敷にいる誰もが、大変な一日を終えて眠りについた。

二日後の昼近く、大きなリュックサックを背負った二人の少年がデラカンプ邸を訪ねてきた。太吉が取次ぎをして、チャールズと雅子が出てきた。

「トーマスです。神戸ドイツ学院の学生です」

「ヘルムートです。横浜からの被災者がおられると聞いたので、ドイツ学院に集まった洋服や靴、肌着などを持ってきました。義援金もあります。お役に立てていただきたいのです」

「それはご苦労様です。皆さま喜ばれると思います」

チャールズは少年たちに微笑んで、雅子に案内を頼んだ。

雅子は二人を庭へ案内しながら、

「重いお荷物ありがとうございます。直接皆さまに会ってお渡し下さい」

「ええ、お会いして大変な目に遭われたことをお慰めしたいです。その後、塩屋のウイットさんのお宅をお訪ねするつもりです。あちらにも被災者の方がおられます」

トーマスが言うと、ヘルムートも、

「確か横浜でケーキ屋さんをなさっていたユーハイムさんがおられると聞いています」

雅子は驚いた様子で、

「ちょっと待って、ユーハイム…。後で私もウイットさんのお宅へ一緒に行きます」

庭に二人を案内すると、声を聞いて被災者の全員が集まってきた。ドイツ学院の援助を知って感激し、喜んだ。特に少年少女の四人は、トーマスとヘルムートを囲んで離れなかった。

「また訪ねて来ます」と約束したトーマスとヘルムートは、雅子とともに塩屋のウイット邸に向かった。歩きながら、雅子が同行した理由を話し始めた。

横浜停泊中、乗船してきた被災者の中に七、八歳位の男の子を連れた若い女性がいた。隣の女性とフランス語で話しているのが聞こえたが、その男の子はフランス語が分からないようで、しきりに「ユーハイム」と言っていた。女性はフランス語と英語しか話せないので何も聞き出すことは出来ず、たぶんご両親は亡くなられたのでしょう、と言っているのが聞こえたという。

「ユーハイムさんに男の子がいるかどうかは知らないのですが、そうであればすごいことだ」

トーマスとヘルムートもその偶然に驚いた。

「もしそうなら、ユーハイムさんには何よりの贈り物ですよ」

ヘルムートは興奮して言った。雅子も、あの可愛い男の子がそのユーハイムの子供であったら、あの子はどんなに喜ぶことだろうと想像した。

チャールズは今日もクラブ・コンコルディアに行って来た。今は山本通りの洋館を借りてドイツ館になっている。

「横浜からの被災者の名簿作成をしていたよ」チャールズが言うと、雅子も、

「私はドイツ学院の学生さんと塩屋のウイットさんのお宅をお訪ねして、ユーハイム夫妻にお会いしてきました。間違いなくあの男の子でした」

地震が起きた時、ユーハイムは崩れた建物に足を挟まれて動けなくなった。そばにいた息子にナイフのようなものを探してと頼んだら、探しに行ったまま行方がわからなくなったという。

ユーハイム夫妻は涙ぐんで、後悔に苦しんでいた。

「横浜から来たフランス女性を探します、と私の手を握って感謝されました。ご主人はまだ歩けないようでした」

「早く見つかるといいね。うちはひでさんが、被災者を迎える用意を調えてくれていたので、本当に良かったよ。ありがとう。わたしの出来るだけのことをしようと思うよ」

チャールズはひでに感謝をこめて言った。

「だんなさんなら、今のように皆さんが困っている時にはそうなさると思ったんです。ホテルはどこも一杯で、もう受け入れられないと新聞で読みましたからね」

翌朝、横浜からの被災者達が庭で朝食をとっている。太吉が紅茶のポットを運んできた。そこへ犬たちを連れてチャールズが出て来た。

「おはようございます。皆さん、ご不自由だとは思いますが、もうしばらくでございますよ」

「おはようございます。お陰様で気持ちよく過ごしています」皆口々に朝のあいさつをした。すでに食事を終えた子供たちが、喜んで犬たちの方へ近づいて来た。

「犬たちと遊んでもいいですか。名前はなんですか」と一斉に可愛い声が言う。

「これがレオン、あの白いのがシェロ、小さいのがチビだよ」

走っていく犬たちを、子供たちもはしゃぎながら追いかけて行く。

「もうご存知の方もあるかもしれませんが…」

チャールズは良い知らせがあると話し始めた。ドイツ人が神戸で新規の仕事を始める場合に、ドイツの救済資金から千五百円を借りられる。さらに万国救済資金からも千五百円借りられるという、クラブ・コンコルディアで昨日聞いてきたことを皆に伝えた。

「ありがとうございます。私は昨日、貸家を探しに行って来ました。高台にある洋館を借りることができそうで、これで先のことが考えられます。聞いたところによると、横浜正金銀行も動き始めるようです。神戸で横浜の預金を出せるようになれば仕事が楽になります」シュミットが明るい声で言うと、タウトも
「こちらでお世話になりながら、良い情報も頂いて、将来の見通しが立ちそうです。感謝しています」

「私はごゆっくりしていただいていいのです。良いご準備をしてください」

チャールズは、急ぎ過ぎて無理をしないようにと気遣った。

「可愛い犬たちですね。こんなに広い庭があると自由に走り回れますわね」バイエル夫人が少し羨ましそうに言った。

「ええ、犬が好きでドイツから来る時も連れて来たくらいです。しかし、この庭の半分はもう売りました」

二十日後、デラカンプ邸の玄関前にバイエル家族がいた。夫妻は六歳と三歳の娘の手を繋いでいる。

「長い間ありがとうございました。私たちは最後までお世話になりました。娘をぜひドイツ学院に通わせたいと思って、学院の近くの家をやっと見つけました。これからもどうぞよろしくお願いいたします」

「それはよかったですね。幸運をお祈りしています」チャールズが握手して言った。

「ひでさん、雅子さん、ありがとうございました。お心遣いに感謝します。雅子さんには子供たちもすっかりなついて、雅子、雅子と寝言でも言っていましたよ」バイエル夫人は名残惜しそうにひでと握手して、子供たちも雅子とキスしてお別れした。

その時、よねが玄関から出てきて言った。

「だんなさん、塩屋のウイットさんからお電話です」

玄関内の電話室から出てきたチャールズが、

「ユーハイムさんの息子さんが見つかったそうだよ。やはり、フランス人女性が連れていて下さったそうだ。今はオリエンタルホテルにおられる。息子さんに会えたユーハイムさんが、涙声でウイットさんに電話してこられたそうだよ。雅子さんによろしくお伝えくださいと言われたよ」

「よかった！」雅子は喜びの声を上げた。

「わたしはこれからドイツ館に行ってくるよ。今は神戸港も、三宮・元町も、山本通りも大変な人々でごった返しているよ」チャールズは車で出かけた。

「ようやく一段落したね。雅子、ゆっくり話しましょうか。海岸に出て歩きましょう」

「嬉しい、帰ってからまだ海岸に行ってなかったのよ」

夕方までにはまだ時間はあるが、陽射しも和らいで涼しい風が二人の頬を撫でた。垣根の木戸を開けて砂浜に出た。

「あんな大地震があったから、ピアニストとして日本でやっていくには時期が悪いようだね」

ひでが静かな波音の中で言った。

「アメリカに留学させてもろうて、ハンブルクでも有名な先生の個人レッスンを受けて、有り難いと思っています。ハンブルクではピアノのリサイタルに何度も行きました」雅子は遠くを見て思い出すように言った。

「羨ましいね。素晴らしい演奏だろうね」

ひでも遠くの海を見ていた。

「そう、ドイツの音楽は素晴らしいわ。世界一だと思う」

「そんなところでピアノの勉強が出来るなんて最高じゃないか」

「それが…ね。どんな曲でも弾けるようになったけど、なんか違うの。追っかけても手が届かない、そんな気がするんです。ひでおばさんには応援してもろうて、頑張るつもりだったんだけど」

「そう…、三重に頼まれたからではないのだね」

「もちろん、お母さんが言ったことを考えたりもした。もう日本に帰りたかったのもあるけど、本当は自分の力を知ってしまったの」

「賢い雅子がそう思うなら、それはそれでいいのだろうね。だんなさんには話したの」

ピアニストとして生きることがどんなに大変なことか、ひでにも分かるようになっていた。

「まだ話していません。ゆっくりお話ししたいと思っているけどね」

「今夜、食事の後で三重と一緒に来たらどう。今まで援助して頂いたことを感謝して、雅子の今の気持ちをお伝えしなさい」

「はい、そうします。お母さんにも私の気持ちを話しておきます。まだゆっくり話をしていないのよ、ずっと忙しかったから」

その夜、三重と雅子がチャールズとひでのリビングを訪ねてきた。

「大体のことはひでさんから聞いたよ。雅子の人生は雅子が考えて進んで行けばいいんだよ。今までの経験は無駄にはならない」

チャールズは雅子の気持ちを汲んで言った。

「ありがとうございます。今までのピアノのレッスンを忘れないように続けて、次の子供たちのために役立ちたいと思っています」

雅子は座っているチャールズの前に跪いてその手を握って言った。三重も立ち上がり、深いお辞儀をした。

「本当にありがとうございました。でも私は嬉しい、普通の女の子のようにお婿さんをさがします」

「おや、早速準備にかかるの。まあでも、ふみも来年にはお母さんになるんだからね。お嫁入りを考えてもいいころよね」

ひでも感慨深げだった。

「えっ、ふみちゃん、お母さんになるの。すごい！　ふみちゃんに会いたいわ」

「今ね、つわりが酷いらしいの。食事もできない様子だから、たみさんがしばらく家に連れてくると言っていたから雅子も会えるよ」

四年ぶりに帰ってきた雅子を交えて、久し振りに皆が集まるのを、ひでは楽しみにした。


話は少し前後する。関東大震災で神戸にやってきたユーハイム一家は、横浜で有名な洋菓子店を営んでいたが、地震によって何もかも失った。

夫のカールは倒れてきた家の柱に足を挟まれて怪我をし、エリーゼ夫人はまだ七か月の赤ちゃんを抱いての避難だった。息子のボビーは行方が分からず苦しいことばかりだったが、ユーハイムの知人だったウイットを頼って垂水・塩屋に滞在していた。

横浜から大量の被災者が殺到していたため、重病人ではなかったカール・ユーハイムは入院も出来なかった。そんな中エリーゼ夫人は必死でボビーを探した。神戸在住のドイツ人も協力して探していたが、雅子の機転で親切なフランス人女性が保護していたことが思いがけず分かったのである。見つかったのは僥倖と神様に感謝した。

ボビーが帰ってきてユーハイム一家には希望が戻った。カールは何とか神戸で再起をはかろうと、右足を引きずりながら行動を開始した。

まずはドイツ救済資金から千五百円、万国救済資金から千五百円借りることが出来そうだ。しかし、住む家も探さなければならないし、仕事を始めるには店も必要だ。それに、お菓子を作る道具、ガスオーブン、大型のテーブルが四台、一台はパイのために大理石のテーブル……。とても資金が足りないと、悲観的な気持で三宮の中央通りを歩いていた時、ばったりとロシアの舞踊家アンナ・パブロワに出会ったのである。横浜の店の常連で、美味しいケーキとお茶を楽しむのがパブロワ夫人の心のオアシスとなっていた。

「まあ、ユーハイムさん」

「ああ、パブロワさん」

二人は、その奇遇を喜び合った。そして地震のあと船で神戸に来て、塩屋の知人宅の世話になっている経緯と、店を探していることなどを話した。

「それなら、ここで店を開きなさい」

アンナ・パブロワは無造作にそう言った。

「そんな、店を持つどころか、現在の私は無一文ですよ」ユーハイムは呆気にとられた。

「いいえ、何でもいいからやるのですよ。やればできるものです。ぜひおやりなさい」

この出会いから「神戸のユーハイム」が生まれた。

神戸市生田区三宮町一丁目三百九番地、三宮一丁目電停のすぐ前。煉瓦造りの三階建ての洋館だった。家主はフランス人のチェック、奥さんは日本人で、娘のポーリンが三階にタップ・ダンスの教授場を開いていた。

ユーハイムが借りたのは一階だけだった。契約を済ませ、そこに住むことになったが、ベッドまで手が回らない。「家主から貰った麻袋を敷いて

寝ました」。エリーゼ夫人は当時を思い出すと涙声になる。

こうして、半月後の大正十二年（一九二三）十一月一日。いよいよ神戸の「ユーハイム」が開店した。ケーキ八銭。コーヒー十五銭。サンドウィッチ二十五銭。キングケーキ、サンドケーキ、チェリーケーキ、一円五十銭であった。

終章

関東大震災の後、多くの外国商人たちが大阪や神戸で再出発を図り、日本に於けるドイツ人の重点は急激に関西に移った。

一九〇九年の設立当初は小規模だった神戸ドイツ学院も、生徒数の急激な増加でクラス数や教室を増やさねばならなかった。学院は避難家族の子弟を、生活が改善するまで無料で受け入れた。

第一次世界大戦で土地建物が処分され、事務所に仮住まいしていたクラブ・コンコルディアは、一九二七年には山本通に再び近代的なコンクリートの建物を建てた。第一次世界大戦と、続く関東大震災は、日本にいるドイツ人の経済的基盤を揺るがしたが、神戸のドイツ人社会は人口増加で活気づいた。

ドイツ本国では、ワイマール共和政のもとに復興しつつあった。一九二六年ごろまでには、戦前の水準に工業力を復活させることが出来た。それはアメリカなど外国資本の援助によるものだった。しかしながら、一九二九年の世界恐慌で外国からの資金援助がストップすると、ドイツの経済はがたがたになった。多くの借金を抱えたまま、工場では機械が止まり多くの失業者が町に溢れた。

このような状況の中で、ナチス（国家社会主義ドイツ労働者党）はその名が示すように労働者の味方であるかのように宣伝し、勢力をのばした。大資本家や軍部も、共産党の進出に不安を抱き、ナチスを共産主義に対する砦にしようとして多くの資金を与えた。こうしてナチスは一九三二年には国民総選挙で第一党になった。翌年一月には、ヒンデンブルグ大統領の支持を得てナチス党首のヒトラーが首相となり、ヒトラー政権が出現した。

神戸のドイツ人社会にも、本国のナチス政権による人種・イデオロギー政策の影響が現れ始めた。若い頃にヘルベルト・デラカンプと一緒に山手町の洋館に暮らしたオットー・レファートは、日本人の多田フミと結婚して、二人の息子、ハンス（一九二一―一九四七）とワルター（一九二三―二〇一四）がいた。

神戸ドイツ学院の中等教育終了後、兄ハンスは一九三三年から、弟ワルターは一九三五年から、それぞれ三年間ドイツのギムナジュウム（大学準備教育を目的とする教育機関）に通うため寄宿舎に入った。彼らはナチスドイツ時代の「ユダヤ人迫害」を見て日本に帰国した。

ハンスは本国でのナチスの教育に強く感化され、熱烈なナチズムの信奉者となった。ワルターは、ドイツでは仕方なくナチス青少年組織のヒトラー・ユーゲントに入っていたが、ナチスの組織にも、ナチス寄りの組合にも参加しなかった父親のオットーの忠告を受け入れて、ナチズムとは距離を置いた。ワルターは家庭内で、父と兄の意見の違いによる口論が悲しかったという。

一九三三年以降、日独間交流事業の名目のもとにドイツから教職員、学生、政府関係者が来日し、神戸在住のドイツ人は増加した。中でも多かったのは、東京のドイツ大使館を通して派遣されたナチス党員や軍人で、以前からいたドイツ系住民たちとの間に不和や摩擦が生じた。クラブ・コンコルディアの集会は監視され、ドイツ人以外の外国人はクラブから離れ、ユダヤ人であることを理由に嫌がらせを受けたり、退会させられたりする会員もあった。

仕事を引退していたチャールズは、ナチスの時代には、もうクラブ・コンコルディアに行くことはなくなった。須磨の家は神戸の中心から離れていることもあり、ひでと静かに暮らしていた。ナチスへの誘いも受けたが、七十五歳を過ぎていたチャールズに厳しい勧誘はなかった。

雅子は三菱重工の技術者と結婚して、可愛い女の子を授かり子育てに忙しかった。時々須磨の家を訪れる雅子と、ドイツ語で話すのをチャールズは喜んだ。

チャールズは、二匹の犬たちの世話をしたり、散歩したり、カメラを持って近場に出かけたりして日々を過ごしていた。

昭和十三年（一九八三）五月の晴れた日、チャールズはいつものようにカメラを持って、須磨浦公園まで散歩に出かけた。公園の樹々の若葉が瑞々しく、青空に映えて写真日和であった。気持ちよく過ごして、良い写真が撮れたと満足して家に帰った。

玄関前に、黒塗りの日本車が止まっている。太吉が走り出て来て、

「旦那さん、いまお迎えに行こうと思っていたところでした。奥様が…」

「ひでさんが、なにか」

それが医者の車であるとわかり、チャールズは慌てて家に入った。たみが出て来て、「旦那さん、こちらへ」と日本間のほうへ急いで向かった。

部屋に入ると畳の上にひでが寝ていた。帯も解かれて、締めつけるものは外されている。医者が側に座っていた。チャールズは顔色を失った。

「心臓麻痺です。間に合いませんでした」医者が残念そうに言った。

「嘘だ、嘘だよ。出かけるときは元気だったよね。ひでさんが…、ひでさん！」

チャールズはひでの顔を優しく両手で挟んで、激しく泣いた。側にはたみ、三重、よねと山田がいたがチャールズの目には誰もうつらなかった。医者もそっと帰っていなくなった。

デラカンプ邸では大抵のことは、チャールズの意向を汲んで、すべてひでが指図していたのにその人はいない。たみと三重が考えて、山田が須磨寺の住職にお願いに出かけた。

「今の間にひで姉さんを布団に寝かせましょう。床の間に菖蒲の花を活けている時に突然倒れたの。私も一緒にいたのに」三重はそう言いながら、たみとよねと三人で、お寺さんを迎える準備を始めた。ふみと雅子には電話したからもうすぐ来るでしょうと言いながら、たみも三重もあまりのことに、悲しみに浸る暇もなかった。

チャールズはひでの手を握って離さなかった。放心状態だった。

山田が帰ってきて、「お寺さんから、枕経を上げるからお線香焚いておいてくださいと言われました。葬儀屋さんを呼んで花とお棺の準備をして、明日のお通夜に備えるようにと。明後日がお葬式になり…」山田が言い終わらないうちに、チャールズが突然に顔を赤くして怒り出した。

「ひでさん、誰にも渡さない。ずっと私と一緒にいる」

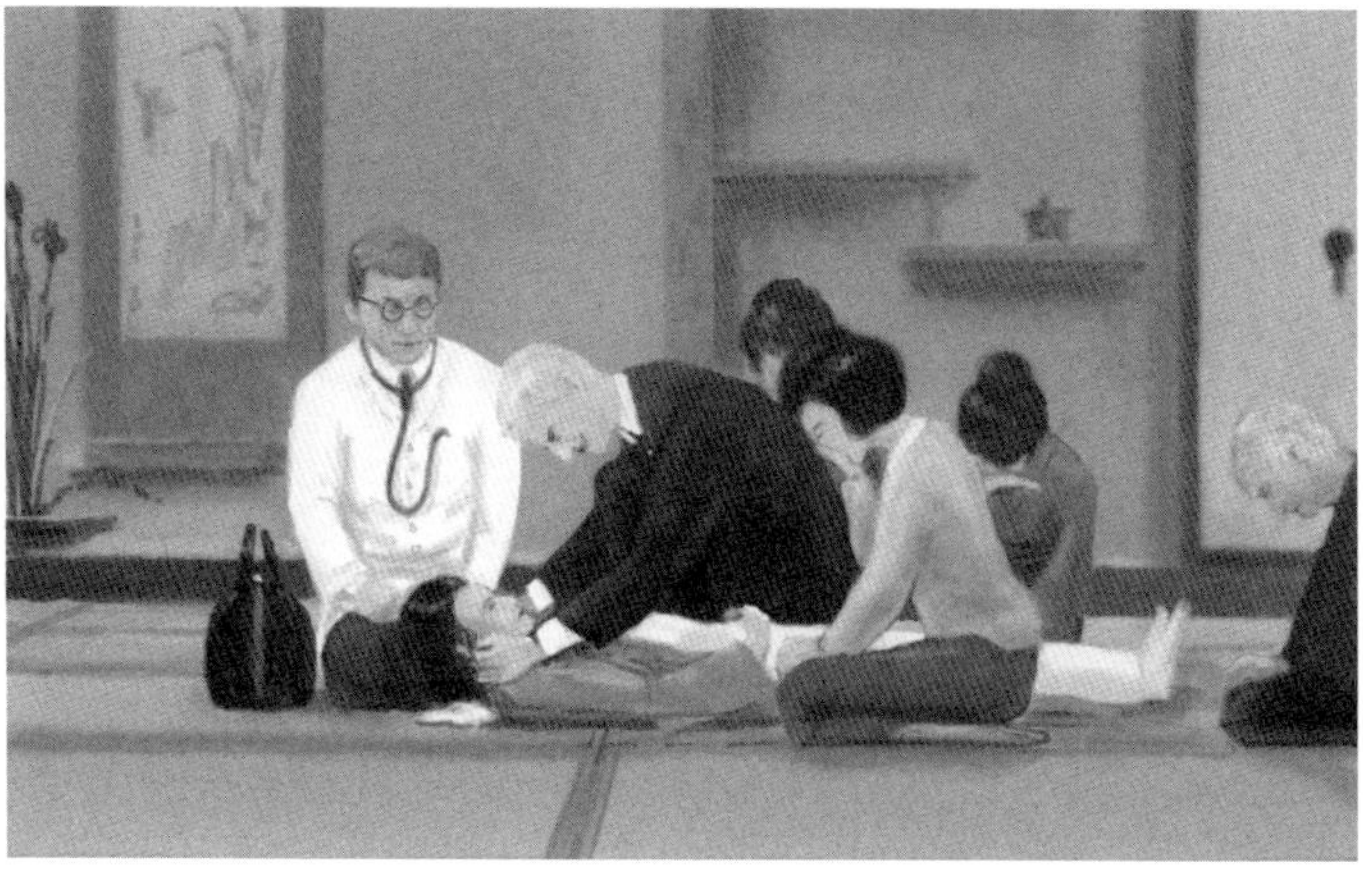

「ですが、旦那さん、お寺さんがもうすぐ来て、お経を上げてくださいますよ」

山田が懇願するように言ったが
「断ってきてください。山田さん」

チャールズが、今までに聞いたことのないような厳しい声で言った。もう夜になっているが、みんなおろおろするばかりだった。玄関のほうに人の気配を感じた三重が、雅子が来たと急いで迎えに行った。事情を聞いた雅子が、チャールズのほうへ駆け寄った。

「チャールズ、ひでおばさん」と号泣し、チャールズの横へ身体を寄せた。

チャールズが初めて優しい声で言った。

「雅子、これは夢だ。そうだね」と雅子の肩を抱いて、また泣いた。

「ひでおばさんは、いつでも綺麗、ちっとも変わらない。お返事してくだされば嬉しいのにね」

雅子もひでに近づいて顔に手をそっと置いた。そしてまた涙した。

少し落ち着いてきたチャールズの様子をみて、お寺さんには明日来ていただくことにして今夜は雅子にまかせましょうと、たみと三重はそっと部屋を出た。

雅子はずっとドイツ語で、二人は一晩中、静かに語り合った。

「ひでおばさんからお聞きしたことがあるの。『わたしの人生はチャールズにお会いしたことで幸せになった。チャールズは私を愛してくださった。私もチャールズが大好きです。愛してるの』と」

「日本語に成仏という言葉があって、亡くなって仏さまになるという意味です。ひでおばさんは美しい仏さまになられたと思います」

雅子は夢見るような瞳で、ひでとでチャールズを見た。ひで六十三歳、チャールズはその時七十九歳になっていた。

この年、昭和十三年（一九三八）には阪神大水害があった。

七月三日の夕方から降り出した雨は、四日には大雨となり、夜に一旦止むが五日午前一時から再び猛然と降り出した。三日間の総雨量は四六一・八ミリを記録した。

市の背後にある六甲山系の山々は地質の風化が進んだ花崗岩であることから、吸水の限界を越えた雨量に方々で崩壊が起き、山津波となって巨大な岩石や砂礫が立木を押し流した。濁流が荒れ狂った後の市街地には土砂と巨石が推積し、流木、倒壊家屋の破片が累々と重なっていた。チャールズのアルバムの中にそれを撮影したものがあった。

一九三九年、ヒトラー政権下のドイツがポーランドに侵攻し、第二次世界大戦が始まった。

一九四〇年九月、ベルリンで日本、ドイツ、イタリア三国の軍事同盟が結ばれた。在日ドイツ人たちは故郷からの手紙などによって、開戦を予想していた。しかし彼らも、一九四一年七月の独ソ戦開始、それによるシベリア経由のドイツ・日本間連絡ルート途絶には衝撃を受けた。英米人は日本を後にし、ドイツ系住民は戦時下の神戸に残った唯一の欧米系外国人となった。

昭和十九年（一九四四）夏、神戸への爆撃があると予想したドイツ人は、六甲山へ疎開を始めた。神戸ドイツ学院は六甲山、塩屋、岡本に分校をおいて授業を続けた。また、戦時下の神戸には東京、箱根同様にドイツ人への配給場所があり、領事館員によって日本政府からの物資が配られていた。翌年五月、ドイツが無条件降伏し、ナチス体制は崩壊した。

昭和二十年（一九四五）、神戸は米軍の爆撃によるたび重なる攻撃を受けていた。三月十七日の大空襲で神戸の西半分は壊滅、六月五日の神戸大空襲では残る東半分と須磨区が灰燼に帰した。同年八月六日、アメリカは世界最初の原子爆弾を広島に投下、八月九日には長崎にも原子爆弾が落とされた。日本はポツダム宣言を受け入れて降伏、第二次世界大戦は終結した。

チャールズは須磨の家にとどまって動かなかった。屋敷も空襲で焼けたが、煉瓦造りの洋館の一部が残り、そこに最後まで仕えてくれたよねといた。

昭和二十年十一月三日、チャールズ・ランゲ・デラカンプは八十六歳の生涯を閉じた。

明治十七年（一八八四）春、二十五歳で神戸の地を踏んでから、六十年余の歳月が流れていた。今は最愛のひでとともに、神戸市内の墓地に眠る。

◎主要参考文献

『居留地の窓から—世界・アジアの中の近代神戸』神戸外国人居留地研究会編、ジュンク堂書店、一九九九年
『神戸と居留地—多文化共生都市の原像』神戸外国人居留地研究会編、神戸新聞総合出版センター、二〇〇五年
『居留地の街から—近代神戸の歴史探究』神戸外国人居留地研究会編、神戸新聞総合出版センター、二〇一一年
『開港と近代化する神戸』神戸外国人居留地研究会編、神戸新聞総合出版センター、二〇一七年
「クラブ・コンコルディア・神戸の歴史」(年報『居留地の窓から』第二号)弓倉恒男訳、二〇〇二年
『神戸居留地史話—神戸開港一四〇周年記念』土居晴夫、リーブル出版、二〇〇七年
『神戸のドイツ人—旧き神戸への回想—』オットー・レファート原著、田中美津子訳編、NPO法人神戸日独協会、二〇〇八年
『神戸港』田中鎮彦編、神戸港編纂事務所、一九〇五年
『海鳴りやまず—神戸近代史の主役たち　第一部』神戸新聞社編、神戸新聞出版センター、一九七七年
『磯崎眠亀と錦莞莚』(岡山文庫二五三)吉原睦、日本文教出版、二〇〇八年
『どこにいようと、そこがドイツだ』田村一郎編著、鳴門市ドイツ館、二〇〇六年
「雑書編冊」(板西警察分署警備警察官出張所日誌)一九一七年四月一二日—一九一八年一二月二九日、寺岡健次郎氏所蔵
『京舞妓』浜岡昇、シーグ出版企画編集、京都書院、一九八七年
『カール・ユーハイム物語—菓子は神様』頴田島一二郎、新泉社、一九七三年

あとがき

二十六年も前になるが、同人誌『神戸文学散歩』に「ひでさん」という短編小説を書いた。内容は、神戸外国人居留地のドイツ人貿易商と祇園の舞妓との出会い、結婚の物語で、今回の小説の下地になったものである。

居留地百二十一番で「デラカンプ商会」を営んでいたチャールズ・ランゲ・デラカンプのアルバムが、神戸市立博物館にある。ひでの妹の孫にあたる故松尾一郎氏から寄贈を受けたもので、機会を得てそれを見ることができた。そこには、チャールズとひでの家族、須磨にあった洋館の写真などがあり、それを見て想像が膨らんだ。そして明治、大正、昭和の時代を背景にした居留地のことをもっと知りたいと思った。

その頃、神戸外国人居留地研究会があることを知り、私は早速会員になった。会では夫々にテーマをもって研究・発表するのであるが、そこで、居留地貿易にかかわることだけでなく、スポーツ・音楽・芝居・食事会など諸外国人（イギリス、ドイツ、アメリカ、フランス人等）の生活についても知ることができた。同時に神戸国際大学の自主研究講座で、故桑田優先生の指導を得て調査・研究をしたこともまた物語の素地となっている。

この物語は、居留地のドイツ商社「デラカンプ商会」を中心に、神戸のドイツ人社会を背景にしている。開港直後の居留外国人ではイギリスが最も多かったが、戦争により敵対国、同盟国、敗戦国と劇的に変転するドイツとの関わりを背景にすることで、神戸外国人居留地の歴史、日本の歴史、世界の歴史―その中での物語としたいとの思いがあった。また、外国貿易の拠点として、海外の文化交流の窓口としての神戸居留地の素晴らしさ、古い日本から近代化へと移行する社会の様子が描けたらとも望んだ。

もう一人の主人公「ひで」は、三重県名張市の名家の出身で、没落した家を助けるために祇園の舞妓となった。その美しさと聡明さゆえに、当時の日本人女性としては稀有な人生をたどったと思う。こちらは写真以外には本人による史料が残っていないので、小説として創作せざるを得なかった。しかし、チャールズがひでの家族を援助し、日本に永住したことなどを考えても、一人の女性として決して平凡ではないが充足した人生ではなかっただろうか。

本書は、「神戸居留地ものがたり」と題して、季刊『神戸銀河倶楽部』第一九号〜三八号に途中まで連載していた原稿を書き継ぎ、大幅に改稿しました。

いま「神戸居留地に吹く風」を書き終えることが出来て、ほっとしています。

神戸外国人居留地研究会会長の神木哲男先生をはじめ研究会の皆様ありがとうございます。そして、素晴らしい挿絵で小説に趣きを添えて頂きました宇津誠二さん、神戸新聞総合出版センターの岡容子さんには適切なアドバイスを頂きました。皆様に感謝申し上げます。

二〇二〇年十月

秋田　豊子

秋田豊子　あきた とよこ
1961 年、明治学院大学英文学科卒業。
1993 年から2年間、夫の仕事でフランスに在住。
NPO法人神戸外国人居留地研究会会員。
『居留地の街から―近代神戸の歴史探究』（神戸新聞総合出版センター、2007 年）に「デラカンプ商会とデラカンプ家の人々」を執筆。

宇津誠二　うつ せいじ
1955 年生まれ。1979 年、多摩美術大学グラフィックデザイン学科卒業。
1979 年グンゼ株式会社入社。
NPO法人神戸外国人居留地研究会会員。
画文集『STOCKBRIDGE』（1984 年）、写真集『KITANO CRONICLE 1993』（1994 年）、絵解本『グルームさんのある一日』（2019 年）を制作出版。

神戸《こうべ》居留地《きょりゅうち》に吹《ふ》く風《かぜ》

2020 年 11 月 20 日　初版第1刷発行

著　者――秋田豊子
挿　画――宇津誠二
発行者――吉村一男
発行所――神戸新聞総合出版センター
〒650-0044　神戸市中央区東川崎町 1-5-7
TEL 078-362-7140 ／ FAX 078-361-7552
https://kobe-yomitai.jp/
デザイン／小林デザイン事務所
印刷／神戸新聞総合印刷

落丁・乱丁本はお取替えいたします

ISBN978-4-343-01096-4　C0095